KB197830

PLAIN ARCHIVE
Ⓒinema Ⓐnd Ⓣheater
BOOKS

PA C T BOOKS

모든 소란을 무지개라고 바꿔 적는다

차례

어쩌다 쌓은 커리어

욕실 벽에 붙인 고리가 시원찮았다. 끈끈이의 접착력이 약해졌는지 수건을 자꾸 떨어뜨리고 자기도 밑으로 고꾸라졌다. 평소에도 고리와 소통했던 사람인 양 속으로 호통을 쳤다. '야, 수건 한 장이 무거우면 얼마나 무겁다고. 고리면 고리답게 감당을 좀 해봐라!' 그렇게 갖가지 핑계를 대며 젖은 수건으로 젖은 몸을 닦는 바보 같은 짓을 며칠간 반복했다. 생활용품 매장을 찾아간 것은 입 밖으로 괴성을 내지른 다음이었다. 그 무렵 부엌 싱크대 서랍에 매달아 놓은 고리까지 말썽을 부리기 시작했는데, 설거지하다가 바닥에 떨어진 고리를 밟고 말았던 것이다. 비눗물 묻은 손으로 발을 부여잡고 주저앉았다. 적어도 일 분쯤 고리를 노려보며 씩씩댔고 삼십 분 후에는 가게 문 앞에서 각오를 다지고 있었다. 나는 최고의 고리를 찾아낼 작정이었다. 강하고, 끈기 있고, 영특하고, 상냥하고, 훌륭하고, 아무튼 다 잘하고 좋은 고리. 가장 센 고리.

매대에 가지런히 진열된 다용도 후크를 바라보며 정말 나 같다는 생각이 들었다. 크기와 모양, 색이 달라도 쓰임은 같다. 욕실에든 부엌에든 붙이면 되고 수건이든 행주든 걸면 된다. 옷을 걸면 옷걸이라고 부르고 모자를 걸면 모자걸이라고 칭한다. 내가 그렇다. 어딘가에 거푸 붙고 뭔가를 계속 걸어서 때마다 새 직함을 얻는다. 기자였다가 평론가도 되고, 심사위원 명단에 이름을 올렸다가 수강생 명단을 펼쳐 출석을 부른다. 인터뷰를 명목으로 누군가와 내밀한 대화를 나누는가 하면, 무대에 올라가서 마이크 잡고 사회를 보기도 한다. 귀에 걸면 귀걸이, 코에 걸면 코걸이라는 식이다. 어느 날엔 다용도 후크로 기능하는 나의 유연성을 칭찬한다. "뭐든 다 할 수 있어!" 하지만 실은 능력을 의심하고 부족한 전문성을 비난하는 데에 훨씬 많은 시간을 쓴다. "제대로 하는 게 하나도 없어!"

　　　내가 대체 뭘 하는 사람인지 모르겠다는 넋두리는 오래된 습관이다. 회사에 다닐 때도, 영화 일을 시작하고 나서도, 아르바이트를 전전하면서도, 프리랜서가 된 다음에도 그 말을 입가에 달고 다녔다. 직업이 뭐냐는 질문만큼 난처한 것도 없었다. '그냥 이것저것 하는 사람'은 적절하지도, 분명하지도 않은 대답이었다. 그건 무례함으로 읽혀 상대를 언짢게 만들거나 혹은 또 다른 호기심을 불러일으켰다. 사람들은 딱 떨어지는 답을 원했다. 나도 우물쭈물하며 입술을 잘근거리는 대신에, 모서리 반듯하게 깎은 명함을 꺼내 떡하니 내밀고 싶었다. 돌고 도는 고민에서 잠시나마 풀려난 것은 뜻밖에도 스페인어 덕분이었다. 모국어가 아닌 외국어로 질문을 받자 간결한 답이 튀어나왔다.

"En qué trabajas?" 당신은 어떤 일을 합니까?
"Soy periodista de cine." 저는 영화 기자입니다.

일이 없어도 너무 없던 어느 겨울이었다. <로마>(알폰소 쿠아론, 2018)를 보다가 시작한 지 십 분도 안 돼서 울음을 터뜨렸다. 독재 정부에 대항하여 민주화 운동의 바람이 거세게 불던 1970년대 초 멕시코, 클레오(얄리차 아파리시오)는 한 중산층 가족의 가정부로 일하며 네 아이를 돌본다. 화창한 오후, 그녀가 옥상에서 빨래하는 동안 주인댁 형제가 작은 다툼을 벌인다. 형들이 같이 안 놀겠다며 떠나자 혼자 남은 막내 페페는 그 자리에 드러눕는다. 걱정됐는지 클레오가 슬그머니 곁으로 다가가 무슨 일이냐고 묻는다. 소년은 죽었다고 답한다. 자신은 죽어서 말도 못 하고 아무것도 할 수 없다고. 그러자 클레오는 맞은편에 가만히 따라 눕는다. 어리둥절해진 페페는 클레오의 질문을 연신 되풀이한다. "뭐 하는 거야? 얘기해줘." 클레오는 페페의 답을 따라 한다. "말할 수 없어. 나도 죽었거든." 눈을 감고 누워 있던 클레오가 나지막이 한마디를 덧붙인다. "페페, 죽어 있는 것도 괜찮다."

그 대사가 귓가에 맴돌아서 원어 자막을 확인했다. 실제 대사는 "Me gusta estar muerta"로, 직역하면 "난 죽어 있기를 좋아해"였다. 메구스따 에스따르 무에르따. 소리 나는 대로 문장을 입안에서 굴려 보다가 집 근처 스페인어 학원에 등록했다. 수강생은 열 명 남짓했고 문법과 회화 강의가 반씩 이뤄졌다. 수업 막바지에 다다르면 선생은 학생들이 당일 학습한 단어와 예문을 써먹을 수 있도록 단순한 질문을 건넸다. 이름, 국적, 나이에 이어 그날은 직업이었다. 누구는 대학생이었고 또 누구는 간호사였다. 애초 가진 언어가 미천하기에 우리가 내뱉는 문장은 극도로 단순해졌다. 나라고 다르지 않았다. 한국어를 사용했다면 돌려 말하거나 부연 설명이 석 줄쯤 이어졌을 텐데 스페인어로는 그럴 수가 없었다. 몇 초간 망설인 끝에 영화 기자라는 명료한 답을 내놓았다. 소속된 매체가 없는데 나를 기자라고 해도 되나? 기자의 업무 중에 아주 일부만 소화하는데도? 여전히 의문은 피어났지만 교과서에 적힌 단어는 한정적이었고, 내게 그나마 어울리는 단어는 그거였다.

맡은 일의 종류가 늘어나도 결국 공통 키워드는 영화이고, 그중에서도 가장 많은 시간과 에너지를 쏟는 일은 글쓰기다. 어쩌다 영화 글을 쓰게 됐냐는 질문을 받으면 농담처럼 "영화제 자원활동가 출신"이라고 답한다. 영 틀린 말은 아니다. 영화와 글쓰기를 전문적으로 배운

적은 없다. 관련한 정규 교육기관에 진학하지 않
았고, 대학에서는 역사와 미술사, 여성학 수업으
로 학점을 채웠다. 물론 밑천을 마련해준 곳이
야 있다. 수유너머, 문지문화원 사이, 자유인문
캠프, 다중지성의 정원, 미디액트 등 학교 밖 기
관과 학문 공동체, 세미나를 기웃거렸다. 이름마
저 생소한 책과 영화를 마주하며 신이 났다. 특
히 영화는 순식간에 내가 사는 풍경을 바꿔 놓았
다. 몰랐던, 혹은 몰라도 됐기에 알려고 노력하
지 않았던 이야기와 이미지가 와르르 쏟아졌다.
어느 날엔 발밑이 다 꺼지는 듯했는데 어떤 영화
는 머리 위에 지붕을 둘러 주기도 했다.

　　자극과 위안을 골고루 얻으며 배움을 만
끽했지만, 한편으로는 새로운 세계를 탐험한다
는 명분을 내세워 진로 결정을 미루고 또 미뤘던
것도 사실이다. 그러다 영화제를 통해 '영화 일'
을 처음 경험했다. 2014년 초여름, 서울국제여성
영화제가 아직 신촌에서 열리던 시절. 자원활동
가 모집 공고는 그해 봄에 나왔다. 매일 뉴스로
세월호 참사를 지켜보며 어쩔 줄 모르는 상태였

고, 1년간의 계약직을 마치고 나서 어영부영 백수가 된 참이기도 했다. 지금 와서 생각하면 그저 마음 붙일 곳이 필요했던 것 같은데 자원활동가 명찰을 걸고 돌아다니는 시간은 예상보다 즐거웠다. 그전까지 헌팅의 메카 정도로 여겼던 아트레온 극장에 출석 도장을 찍으며 추억이 쌓였고, 행사 스케치에 나섰다가 피리 부는 사나이 뒤를 쫓는 아이마냥 야마가타 트윅스터의 꽁무니를 따라서 신촌 기차역을 누볐다. 영화가 끝나면 노트북과 메모장을 챙겨 구석에 틀어박혔다. 방금 보고 들은 것을 곱씹고 기록하며 새하얀 화면을 채우는 일이 왠지 마음에 들었다.

영화감독과 얼굴 맞대고 대화를 나눈 것도 그때가 처음이다. 데뷔작 <반짝이는 박수 소리>(2015)를 만든 이길보라 감독이 나의 첫 번째 인터뷰였다. 당시 감독이 재학 중인 한국예술종합학교에서 만났다. 나무가 푸르게 우거진 장소에 들어서자 상쾌함과 긴장이 동시에 밀려들었다. 영화제 폐막 후 자원활동가 후기에 이렇게 썼다. "남아도는 시간을 앞세워 데일리 팀에 들어오긴 했는데, 막상 인터뷰가 다가오자 겁이 났습니다. 첫 인터뷰는 지난해 옥랑문화상을 수상한 다큐멘터리 <반짝이는 박수 소리>의 이길보라 감독이었어요. 질문지를 들고 초조하게 기다리는데, 마침 계단에서 올라오던 감독과 눈이 마주쳤습니다. 활짝 웃으며 "안녕하세요!" 하고 먼저 인사를 건네더군요." 떨림을 감추려고 애썼던 기억이 난다. 인터뷰를 이미 수십 번은 해본 사람처럼 능숙해 보였으면, 상대가 속내를 털어놓고 싶을 정도로 멋지고 믿을 만해 보였으면 했다.

　　　　인터뷰는 생각보다 복잡한 행위였다. 질의응답이라는 단순한 구조 속에 동경, 질투, 응원, 공감, 의심 등이 은밀하게 오갔다. 그러니까 인터뷰를 하면 인터뷰이를 좋아할 수밖에 없었다. 때로는 나보다 그들을 더 좋아했다. 부끄러운 탓에 영화제 후기를 한동안 찾아보지 않다가 최근에 다시 읽고 놀랐다. "기사에서 제 이름 세 글자를 찾는 재미도 쏠쏠했지만, 지난주에 만난 감독과 어제 만난 배우가 했던 말들이 또박또박

쓰여 있는 걸 보는 기쁨은 더 컸습니다." 자그마치 십 년 전에 했던 말인데, 뚜렷한 목표도 목적도 없이 얼렁뚱땅 흘러가는 대로 왔다고 여겼는데. 우습게도 지금 나는 십 년 전과 그리 멀지 않은 곳에 있다. 다용도 후크를 보며 나 같다고 생각한 데엔 비관과 자조만 넘실대지는 않는다. 애매모호한 위치가 싫지만 크기와 모양, 색을 바꾸며 고리가 되는 일은 남모를 만족 또한 분명히 안긴다.

아무튼 다 잘하고 좋은 고리. 가장 센 고리. 여기서 십 년이 더 흐른다 해도 어쩌면 그것이 될 수는 없을지도 모른다. 수시로 접착력이 약해지거나 교체할 시기를 늦추다가 괴로움을 자처할지도. 다만, 떨어질지언정 붙어야 할 때는 잘 붙고 싶다. 어떤 귀와 코에 걸리는지 살피며 내 용도를 알아차리면 좋겠다. 영화를 보고, 대화를 나누고, 글을 쓰는 과정은 결국 눈에 보이지 않는 고리를 만들어 서로에게 거는 일 아닐까. 페페와 클레오가 그러했듯 뭉근한 죽음을 공유하며 연결되는 경험 아닐까. 내 일과 직함에 겁이 날 때면 관객의 자리로 돌아간다. 모든 것이 시작된 장소, 극장으로 가서 스크린을 보호하듯 눈앞에 진을 친 어깨들을 바라본다. 자발적으로 갇혀 침묵을 지키는 외로운 사람들. 어둠 속에서 빛을 보려 하는 고집 센 사람들. 몇 번을 실망해도 다시 기대하는 욕심 많은 사람들. 끝내 익명으로 남는 낯선 사람들. 영화에 기꺼이 마음을 내어주는 듯하지만 다들 그때뿐이다. 아무리 길어봤자 영원한 영화는 없고, 불이 켜지면 관객은 가차 없이 밀실을 벗어나 흩어진다. 유령처럼 자취를 감추는 이들 틈에서 나는 중력에 버틸 힘을 되찾는다. 영화든 사람이든 조금은 붙잡고 싶어져서, 내게 당신을 걸어두고 여기 머물러 보자고 청한다. 잠시 죽어 있는 것도 괜찮다고 느낄 만한, 기댈 만한 고리가 되기를 바라면서.

Ⓒinema Ⓐnd Ⓣheater

Ⓒ 〈로마〉 (2018)
감독: 알폰소 쿠아론
출연: 얄리차 아파리시오, 마리나 데타비라

Ⓒ 〈반짝이는 박수소리〉 (2015)
감독: 이길보라
출연: 이상국, 길경희, 이길보라, 이광희

파트타임 러버

<컴온 컴온>(마이클 밀스, 2022)은 조니 (호아킨 피닉스)의 차분한 음성으로 시작한다. "몇 가지 물어볼 건데 정답은 없으니까 편하게 말해도 돼요." 라디오 저널리스트인 그는 미국 전역을 돌며 '미래 세대'라 불리는 어린이와 청소년을 인터뷰하고 삶에 관한 그들의 생각을 수집한다. 미국은 넓고 도시는 균일하게 성장하지 않는다. 마이크를 건네받은 아이들은 놀랍게도 삶의 터전에 드리운 그림자를 응시한다. 도시의 쇠락과 불평등, 기후 변화의 위험성, 사회에 만연한 차별과 혐오를 지적할 뿐만 아니라, 이를 조장하고 외면하는 기성세대의 오만까지 꿰뚫어 본다. 동시에 아이들은 그와 무관하게 지금과 다른 미래를 상상하며 낙관할 줄도 안다. 인터뷰를 마친 후 조니는 호텔로 돌아와서 아이들의 목소리를 밤새워 청취한다.

조니에게 인터뷰는 희열과 피로가 교차하는 노동이자 익숙한 대화 방식이다. 그는 묻고 듣는다. 말은 거의 하지 않는다. 근데 "똑똑하고 별난" 아홉 살 제시(우디 노먼)에겐 그 방식이

통하지 않는다. 어머니의 죽음 이후 소원했던 여동생이 잠시 맡기고 간 조카. 제시와 단둘이 남았을 때, 조니는 어색함을 감추려는 투로 마이크와 녹음기를 꺼내 든다. 하루에도 몇 번씩 던지는 질문이 자동으로 튀어나온다. "미래를 생각하면 뭐가 상상돼?" 제시는 대답을 피한다. 대화를 거부하는 것이 아니라, 반대로 질문하고 싶어 한다. "우리 엄마랑 왜 연락을 끊었어요?" 말문이 막힌 조니에게 제시는 계속해서 묻는다. 왜 삼촌은 혼자인지, 그토록 사랑하던 사람과는 어째서 헤어졌는지.

거침없이 핵심을 찌르는 인터뷰어와 도망치지도 숨지도 못하는 인터뷰이. 대화에 나선 두 사람은 말길을 헤매다 돌부리에 걸려 넘어지길 반복하지만, 다행히 한 쪽이 다른 쪽에게 때마다 손을 내밀어 일으킨다. 엎치락뒤치락하면서도 기어코 사랑에 다다르는 이 영화 속 동행을 구경하고 있자니 인터뷰라는 행위의 도착지를 어렴풋이 이해할 듯했다. 근래 내 안에 가장 깊이 파고든 정체성은 인터뷰어다. 인터뷰는 여러 감정을 한꺼번에 불러오고 또 다양한 능력과 기술을 요구한다. 공격 대 방어로 대화가 흐르지 않으려면, 대화다운 대화를 하려면 인터뷰어는 무엇을 준비해야 할까. 어떤 자세와 역량을 갖춰야 할까. 일에 투입하는 시간과 정성이 만만치 않은데도 인터뷰는 매번 실패와 실수를 남긴다.

나는 인터뷰를 즐기는 동시에 두려워한다. 인터뷰가 버거운 나머지 '짜게 식는' 기분이 들다가도 어느새 혼자 막 뜨거워지곤 한다. 그 이유가 사랑임을 알아차리기까지 긴 시간이 필요하지는 않았다. 흔히 인터뷰어를 수동적이고 금욕적인 존재로 여기는데, 알고 보면 인터뷰어만큼 징글징글한 욕망덩어리도 없다. 적어도 내 경우는 그렇다. "제가 너무 횡설수설해서 정리하기 어려우실 것 같은데 어쩌죠. 그래도 기사 잘 써주세요." 염려가 묻어나는 부탁을 받으면 일단 큰소리치고 본다. "그럼요, 걱정 마세요. 인터뷰는 2차 창작이에요." 여기엔 두 가지 마음이 있다. 첫째, 인터뷰이는 횡설수설하는 것이 당연하다. 난 질문을 준비하지만 상대는 답을 준비할 수 없다. 대화가 원활하지 않았다면 그것은 전적으로 내 책임이다. 둘째, 인터뷰 기사는 대화를 재료 삼아 가공한 별도의 글이다. 농담처럼 말하지만 '창작'의 영역에 포함된다는 사실을 부정할 수는 없다.

바로 그 '창작'이라는 과정이 욕망과 맞닿는다. 인터뷰는 소유욕을 자극한다. 내 인터뷰이, 내 기사. 물론 인터뷰는 기본적으로 잘 듣고 성실하게 받아적는 일이다. 인터뷰이와 독자, 영화와 관객 사이에 다리를 놓는 것이 인터뷰어의 역할이다. 다수가 참여하는 일이기에 나만의 것이라 주장할 수 없고, 나만의 것이 아니어도 괜찮다. 그런데도 소유욕을 전부 제거하기는 어렵다. 좀처럼 무감해지지 않는 상태를 미심쩍게 바라보다가 감독과 배우의 말 속에서 실마리를 찾았다. 인터뷰 기사의 '제작 공정'을 따졌을 때, 이는 영화 만들기와 닮은 면이 있다. 인터뷰 역시 프리 프로덕션, 연기와 촬영, 후반작업을 차례대로 마쳐야 한 편의 글로 완성된다. 업무 순서를 정리하면 이렇다.

1. 인터뷰이를 섭외하고 일정을 조율한다.
인터뷰이의 직업은 대개 배우와 감독이고
미디어 활동가와 영화제 프로그래머, 평론가
등을 만나기도 한다. 당사자와 연락하기를
선호하지만 매니저라든지 홍보팀처럼 회사
관계자를 거쳐야 할 때도 잦다.

2. 인터뷰이를 조사한다. 인터뷰의 구실이 된
작품을 제일 중요한데, 인터뷰이의 전작과
이미 발행된 기사, 평론, 리뷰도 찾아봐야 한다.
최근에는 인터뷰이의 SNS에서도 힌트를 많이
얻는다.

3. 인터뷰 콘셉트를 정하고 질문지를 만든다.
작품과 활동에 관한 기본적인 질문뿐만 아니라,
신선한 즐거움을 줄 만한 질문도 포함한다.
어떻게든 기존에 공개되지 않은 정보, 여태
아무도 묻지 않은 무언가를 하나라도 갖고
있어야 한다.

4. 인터뷰이를 만나서 대화한다. 인터뷰이의
컨디션을 고려해 최대 두 시간을 넘지 않도록
조정하며, 상황에 따라 다과나 작은 선물을

준비한다.

5. 대화를 마친 후, 인터뷰 당사자와 관계자에게 기사화하면 안 되는 내용을 확인한다.

6. 현장에서 사진 촬영을 보조한다. 인터뷰이에게 말을 걸며 분위기를 북돋기도 하고 반사판을 든 채 옆을 지키기도 한다. 이때 나누는 스몰토크나 카메라 앞에 선 인터뷰이를 관찰하는 일이 기사 작성에 도움을 주므로 눈에 띄는 것을 틈틈이 메모한다.

7. 녹음 파일을 들으며 녹취록을 작성한다. 이 과정에서 대화 중에 놓쳤던 부분을 뒤늦게 발견하기도 하는데, 필요하다면 양해를 구하고 추가 인터뷰를 진행하여 보완한다.

8. 녹취록을 정리한다. 중복된 내용은 합치고, 재미없거나 민감할 수 있는 부분은 걸어낸다.

9. 질문과 대답을 모두 펼쳐놓고 문장을 새로 쓴다. 가독성을 염두에 두되 가급적 인터뷰이의 개성을 살리는 방향을 고민한다.

10. 서문을 작성한다. 어떤 첫인상으로 인터뷰이를 소개할지 판단해야 한다. 작품

정보를 노출할지, 캐릭터를 강조할지,
인터뷰이의 필모그래피 혹은 취미나 습관을
이야기할지 결정한다. 애정은 주관적이지만
찬사는 객관적이어야 하니 적절한 톤을 찾는
것이 중요하다.

11. 문답 배치를 바꿔보며 알맞은 흐름을 만든다.

12. 최종 퇴고와 맞춤법 검사 후 편집장에게
원고를 전달한다.

13. 발행된 기사를 인터뷰이에게 공유한다.
수정을 요청받으면 편집장과 논의하여 고친다.

　　　1번부터 13번까지 진행하는 동안, 나는
인터뷰이에게 집착한다. 만나기 전에는 매일 그
사람을 생각하고 궁금해한다. 그의 대단하고 어
여쁜 점을 발견하며 사랑에 빠진다. 마주 앉고
나선 그의 마음에 들기 위해 최선을 다한다. 그
가 원하는 방식과 정도로 똑똑하고 유머러스하
고 예민해지려 애쓴다. 고백하자면 주로 감독보
다는 배우가, 남성보다는 여성 인터뷰이가 흥미
롭다. 여성 배우는 단연 시야가 넓다. 말하면서

도 쉼 없이 단어를 고르고 말의 뉘앙스와 맥락을 주시한다. 아마도 내가 인터뷰를 요청하는 상대 중 타자화된 경험이 가장 많은 존재이기에 그럴 것이다. 그들은 타인의 기분을 헤아려 조심스럽게 말하는 법을 다년에 걸쳐 터득했고, 제 의도와 감정을 오해받지 않도록 단호하게 대응하는 강단까지 겸했다. 흥미롭고 어렵다. 나는 눈치를 보며 박수를 보내다가 기분이 상하지 않을 정도로만 자극한다. 헤어지고 나면 온종일 그가 한 말을 되새김질한다. 그를 훼손하지 않는 범위에서 다듬고 덧붙이며, 그가 다치지 않도록 열심히 보호한다. 그리고 기사가 공개되면, 인터뷰이에게 만족했다는 답을 듣고 나면 전부 잊은 것처럼 군다. 기다렸다는 듯 다른 사람을 찾아가 똑같은 과정을 반복한다.

'Part-Time Lover'는 1985년에 발매된 미국 싱어송라이터 스티비 원더의 정규 20집 앨범 "In Square Circle" 타이틀 곡이다. 고개를 까딱이게 하는 흥겨운 명곡으로만 알았던 이 노래는 언젠가부터 내 인터뷰 테마곡이 됐다. 인터뷰이는 나의 파트타임 러버다. 나는 가능한 한 밝은 빛으로 그를 비추고 싶고(If she's with me, I'll blink the lights) 오늘이 지나면 언제 또 만날지 모르는 그에게 내가 가진 다정함을 몽땅 제공한다(We are strangers by day, lovers by night). 우리는 정말이지 가까웠다가 그것이 일정 부분 합의된 연기였음을 인정하고 미련 없이 돌아선다(Just pass me by, don't even speak). 나는 금세 사랑에 빠지고 연거푸 바람을 피운다. 신중하게 움직이면서도 열정을 간직해야 한다. 당신과 나, 모든 파트타임 러버를 위해서(For me and you my part-time lover).

부끄러움을 무릅쓰고 인터뷰이 앞에서 한참 능청을 떨다가 집에 돌아오면 만사가 귀찮다. 여기까지 숨이 찬 줄도 모르고 달려오긴 했는데 저기까지 또 가야 한다니 막막하다. 묵직한 녹음 파일과 빈 문서를 흘깃거리며 한숨을 쉬지만 넋 놓고 나자빠질 때가 아니다. 받은 게 있어서다. 인터뷰이 대부분은 나보다 용감하고 잘났다. 내가 100을 건네면 120을 돌려주고, 게으름을 피우는 바람에 80만 준비해 가면 비어 있는 20

을 용케 알아챈다. 그의 말을 듣고 표정을 살피다 보면 내가 들고 간 질문은 어느새 소용없어지기도 한다. 아무리 생각해도 내가 그에게 의지할 수밖에 없는 처지인데, 관계의 주도권을 쥔 쪽은 오히려 나다. 질문은 권력이다. 나는 묻고 그는 답한다. 그는 말하고 나는 듣는다. 내가 뭐라고, 이게 다 뭐라고 당신은 순순히 입을 열어주나. 과거형도 아닌 현재 진행형의 고민을 들려달라고 조르는 것도 모자라서 나는 당신에게 잠정적 결론까지 구하려 든다. 그렇게 쌓인 말 더미에서 무엇을 들어내고 드러낼지도 내게 달려 있다. 인터뷰 글쓰기는 내 의지와 판단에 따라 대화를 편집하고 재구성하는 일이다. 애초 떳떳하지 못한 줄다리기다. 그러니 짧은 사랑에 매달리기라도 해야 하는 것이다.

　　희열과 피로가 교차하는 노동은 어떻게 지속될 수 있을까. <컴온 컴온>에서 조니는 일과 양육을 병행하는 동안 수시로 흔들린다. 제시는 통제하기 어려운 대화 상대다. 예상치 못한 질문 속에서 조니는 미결 상태로 묵혀둔 감정을 발견하는가 하면, 이미 다 안다고 여겼던 이의 낯선 모습을 마주하기도 한다. 그는 여유를 잃은 채 혼란스러워하지만 녹음을 종료해도 제시와의 관계는 중단되지 않는다. 삼촌 배에 파묻혀 장난치던 소년은 삼촌이 잠든 후 홀로 인터뷰를 시작한다. 먼저 삼촌의 중후한 목소리를 흉내 낸다. "미래를 생각해 본 적 있어요?" 다음엔 노래하듯 명랑한 목소리로 답한다. "예상했던 일들은 안 일어날 거예요. 생각 못 한 일들이 일어나겠죠. 그러니까 그냥 하면 돼요. 해요, 해요." 그때 카메라는 소년이 누워 있던 침실에서 숲속으로 이동한다. 조니와 제시는 천 년은 산 듯한 나무 아래를 나란히 통과하고, 화면 너머로는 제시의 말이 주문처럼 되풀이해 울려 퍼진다. "해요, 해요, 해요, 해요, 컴온, 컴온, 컴온, 컴온⋯." 나도 계속하기로 한다. 계속하자고 말한다. 내가 인터뷰이에게 건네는 끝인사는 늘 같다. "또 봐요. 더 좋은 자리에서 봐요."

Ⓒinema Ⓐnd Ⓣheater

Ⓒ 〈컴온 컴온〉 (2022)
감독: 마이크 밀스
출연: 호아킨 피닉스, 우디 노먼, 가비 호프만

상담받는 기분이에요

이대로는 안 됐다. 처서라는데 더위가 물러날 기미가 보이기는커녕 되려 기승을 부렸다. 비좁은 방에서 탈출하듯 요가원으로 달려갔다. 나를 좀 받아달라는 심정이었다. 우선 숨부터 돌리라며 차를 한 잔 내어준 선생님은 몰랐겠지만 모니터에 대고 악을 쓰고 나온 참이었다. 일이 많아서, 눈을 뜨자마자 컴퓨터 앞에 앉아서, 책상과 침대가 지나치게 가까워서 성질이 났다. 내 방에도 요가 매트는 있다. 책상과 침대 사이에 매트를 펼치면 꼭 들어맞는다. 여름이 오기 전까지는 유튜브 요가 영상을 보며 곧잘 따라 했다. 일이 없어 불안하거나 다음 달 월세 걱정에 우울해질 때면 누구랑 약속이라도 한 것처럼 매트에 올라갔다. 그러다 일이 몰렸다. 영화제와 기획전, 개봉 인터뷰를 연달아 진행하면서 달력은 마감 표시로 현란해졌다. 하루도 쉬면 안 됐다. 오늘을 해치워야 내일을 안 망칠 수 있어서 어깨에 기합이 잔뜩 들어갔다. 구석에 처박은 요가 매트에 먼지가 부지런히 내려앉았지만 못 본 척했다. 제때 밥해 먹는 것조차 우선순위에서 밀려나는 마당에 요가는 무슨. 나에겐 더 급한 일이 있었다. 먼지 쌓인 매트보다 기름진 머리를 쥐어뜯는 내가 더 불쌍했다. 하지만 연습장을 북북 찢고도 분이 안 풀렸다. 정말 이대로는 안 됐다.

　　단편 <타인의 삶>(노도현, 2023)은 내게 공포영화다. 작가로 이름난 영현(최희진)은 규호(노재원)에게 사례비 150만 원을 건네며 인터뷰를 제안한다. 조건은 두 가지다. 규호의 말은 뭐든 영현이 글의 소재로 사용할 수 있고, 규호는 무조건 답변만 해야 한다는 것. 영현은 곧장 규호의 오랜 친구를 언급하며 대화를 쥐락펴락한다. "(그 친구가) 인생에서 제일 증오하는 사람이 규호 씨라고 하던데요?" 인터뷰는 갈수록 조화로운 주고받기가 아닌 숨 막히는 폭력으로 치닫는다. <밤치기>(정가영, 2018)를 보면서도 아찔했다. 가영(정가영)은 시나리오 집필을 위한 자료 조사를 핑계로 진혁(박종환)을 술자리에 불러낸다. 첫 질문을 꺼낸 순간부터 인터뷰의 목적은 의심스러워진다. "오빠, 하루에 자위 두 번 해본 적 있어요?" 당황한 진혁에게 다음 질문이 날아든다. "그럼 세 번은요? 네 번은? 세 번 반은?" 가영은 우위를 점하는 방법을 안다. 먼저 묻고 계속 묻는다. 진혁의 가치를 인정해서가 아니라, 질문자인 자신의 권위를 부각하고자 그의 대답을 받아적는다. 그러면서도 "그냥 제 생각 쓰는 거"라고 주장한다. 해석하면 '너는 쓸데없는 말을 늘어놓지만 나는 생각이란 걸 한단다'라는 의미다.

감독이 의도한 바인지 모르겠으나 나는 두 영화를 감상하는 내내 가시방석에 앉은 듯했다. <타인의 삶>을 보면서는 바늘에 찔린 것처럼 뜨끔했고, <밤치기>를 보면서는 얼굴이 화끈거려서 혼났다. 규호와 진혁의 건너편에 앉는, 영현과 가영의 자리를 차지하는 사람으로서 편안할 수 없었다. 많은 경우에 인터뷰는 무게 추가 기울어진 상태로 시작한다. 성별과 나이를 포함한 여러 사회적 조건이 대화에 영향을 미치지만, 일단 규호가 모르는 내용을 영현은 알듯 질문자는 정보에서 우세하다. 게다가 질문자에게는 '일'이라는 언제나 통하는 방패도 있다. 진혁이 답을 거부하기 어렵도록 가영은 '이것은 일에 필요한 이야기'라고 못박는다. 하지만 인터뷰어에게 질문할 자격이 주어졌다고 해서 그가 타인의 경계를 함부로 침범해도 된다는 뜻은 아니다. 그럴 권한은 누구에게도 없다. 답변자를 독 안에 든 쥐처럼 다루는 영화 속 질문자들을 바라보며 인터뷰이의 취약성을 곱씹었다. 내가 자칫하면 어떤 잘못까지 저지를 수 있는지, 얼마나 악랄하고 무례할 수 있는지 확인하는 것만으로도 죄책감이 피어났다.

인터뷰는 생물 같다. 대화의 문이 열리는 계기는 사람마다 다르고 그 타이밍도 종잡을 수 없다. 신경을 바짝 곤두세워야 하지만 긴장했다는 사실을 들켜서도 안 된다. 당신이 무슨 말을 하든 받아들일 거라고, 나는 그런 사람이라고 신호를 보낸다. 이따금 인터뷰이는 기사에 영영 쓰지 못할 이야기를 꺼낸다. 해묵은 상처와 오래된 비밀을 테이블 위에 올려둔 채 울음을 터뜨린다. 그를 학대한 부모, 그를 저버린 연인, 그를 짓밟은 선생. 나는 그를 두려움에 떨게 하는 세상에 관해 듣고, 그곳에서 무사히 살아남아 저만의 언어를 빚어내는 그에게 고마워한다. 초면에 이런 말이 어떻게 들릴지 모르겠다며 눈을 돌리고 멋쩍게 웃는 이가 애틋하다. 어떤 이들은 커리어를 위태롭게 할지도 모르는 정체성과 역사를 지녔다. 우리 사이엔 생존자와 소수자의 진술이 오가는가 하면, 혁명가의 선언이 허공에 각인되기도 한다. 나는 그들의 야망을, 착실히 일궈 온 꿈을 지켜주고 싶다. 그들은 더 높고 넓은 곳에 가기를 원하기에 전부 말해서는 안 된다. 아직은 숨겨야 할 때, 적당히 넘어가야 할 때다. 괜스레 무서워진 나는 태연함을 가장하며 녹음을 중단한다.

문자로 기록되지 않을 순간에 가장 포근하고
너그러운 품을 내어주고 싶어요. 그럴 때는 우리
둘이 항아리 속으로 들어간다고 상상해 봐요.
세상의 모든 입과 귀가 닫힙니다. 웃자란 시선은
항아리의 둥글고 단단한 면에 튕겨 나가죠.

아무도 우리를 해치지 못하므로 당신과 나는 여기서 마음껏 떠들 수 있습니다. 그러면 항아리 밖으로 떠나기 전에 무슨 수를 쓰든 당신을 한 번이라도 더 웃게 하고 싶어져요.

하면 할수록 인터뷰는 공과 사를 나누기 어려운 일이라는 생각이 든다. "상담받는 기분이에요." 그 말을 처음 들었을 때 심장이 덜컹 내려앉는 듯했다. 그토록 투명하게 자신의 취약성을 드러낸 이에게 어떤 표정을 지어야 하나. 같이 울어야 할까, 아니면 더는 울지 말자며 웃어 보여야 할까. 차라리 내 상담사를 소개해 주는 편이 나으려나. 어떤 인터뷰이는 말하는 중간에도 제 말을 후회한다. 내가 귀갓길 전철 안에서 창문에 비친 얼굴을 보며 자책하듯 그 또한 혼자가 되면 이미 내뱉은 말의 무게에 허덕일 것이다. 불면과 항우울제는 지긋지긋하고, 당신은 당신을 탓하는 데 시간을 쏟는다. 예쁘지만 기가 막히게 예쁘지는 않은 얼굴, 잘하지만 소름 끼칠 정도는 아닌 실력에 오래 괴로워한다. 난 서비스와 비즈니스를 망각한 채 멍하니 당신을 떠올린다. 당신에게 가족과 친구와 동료, 진짜 연인이 있다는 사실마저 잊고서. 파트타임 러버는 가볍고 쿨해야 매력적인데, 나는 안 그러기로 해놓고 인터뷰이 앞에 자꾸 소유격을 붙인다. 내 인터뷰이. 사랑스럽고 고단한 내 애인과의 짧은 연애.

　　　프리랜서라는 두루뭉술한 직함을 달고 나서 일을 잘 거절하지 못하게 됐다. 가는 일을 부여잡지는 않지만 오는 일을 막을 정도로 여유롭지도 않다. 이런저런 제안에 "좋습니다!"를 연발하다 보면, 결국 발등 찍는 일이 생긴다. 인터뷰 하나를 마무리하기까지 적어도 일주일은 소요된다. 엄살이 심한 편인지도 모른다. 기껏해야 한 달에 네 번이라니 버는 돈으로 따지면 월세와 휴대전화 요금만 겨우 낼 정도다. 인터뷰가 주요 업무로 자리 잡은 지 6년 차, 그간 해온 인터뷰를 세어 보면 이백 건이 넘는다. 한 명부터 많게는 다섯 명까지 동시에 만났으니 인원으로 치면 삼백은 족히 될 것이다. 이쯤 되면 요령을 익힐 법도 한데 번번이 기력이 달린다. 가성비 참 낮은 노동자라며 스스로 비웃지만 빈 문서를 마주하면 '아이고' 소리가 절로 나온다. 지난 한 달은 끔찍할 수밖에 없었다. 네 번이 최대라고 여겼는데 열두 번의 인터뷰를 소화해야 했다. 몸과 마음이 지지는 순간, 사랑은 바닥을 드러냈다.

목이 굳고 허리가 무너지자 애정은 미움으로 변했다. 말이 많으면 많다고, 적으면 적다고 그를 원망했다. 달변이면 잘난 척한다고, 눌변이면 무식하다고 흉을 봤다. 시간에 쫓겨 글도 대충 썼다. 열두 인터뷰이 중 그 누구보다 이런 내가 꼴사나웠다. 안 그래도 좁은 집이 집구석처럼 느껴졌다. 의자에서 난동을 피우다가 뛰쳐나갔다. 책상과 침대 틈에 매트를 펴기는 죽어도 싫어서, 벽으로 둘러싼 방에서 땀 흘리기가 억울해서 요가원에 갔다. 조금 전까지 욕을 지껄이던 입으로 정중한 인사를 건네고 주머니에서 카드를 공손히 꺼내 바쳤다. 회복하고 싶었다. 미워하는 미워하는 마음 없이 아낌없이 아낌없이 주기만을 바랐다. 그래봤자 어차피 내가 더 많이, 더 특별한 것을 받을 테니까. 다른 이는 몰라도 나는 그걸 아니까. 속내는커녕 이름조차 모르는 사람들 속에서 등을 젖히고 다리를 뻗었다. 남의 숨소리를 들으며 문득 '나이 먹는 것도 일이구나' 생각했다. 평가도 주목도 눈에 띄게 줄어드는 와중에 지켜야 할 것이 분명해진다. 기준이 없으면 어떤 말은 독이 되고, 어떤 건강을 놓쳐버리면 사랑 앞에서 무능력자가 된다.

　　요가원은 고요하다. 입을 다물고 은은한 향 냄새를 맡는 동안, 눈앞에 인터뷰이가 하나둘씩 나타나고 사라진다. 강 너머 불빛처럼 저 멀리 깜빡거리는 얼굴들. 뭔가를 기다리다 토라지는가 하면, 뒤는 안중에도 없다는 듯 어디론가 성큼성큼 걸어간다. 그 종잡을 수 없는 눈빛과 표정, 독특한 말투와 목소리가 내게 소중해지기를 기다린다. 처음처럼, 눈과 귀를 새로 얻은 것처럼. 그가 거쳐야 했던 지난한 길을 짐작하며 나는 깨끗해지려 한다. 수업 맨 끝에 하는 사바아사나, 일명 송장 자세가 제일 난처하다. 바닥에 등을 대고 누워서 두 다리를 어깨너비로 벌린다. 팔을 몸통에서 살짝 뗀 후 손등은 바닥을 향한다. 눈을 감고 힘을 풀고 숨을 쉰다. 그게 다인데, 그게 어렵다. 못다 한 말이 떠올라서 몸과 마음 구석구석 불편해진다. 하지만 당분간 견뎌볼 생각이다. 온종일 글자 속에서 허덕이다가 요가원 마루에 누워 죽는 연습도 해보면서. 당장 정답을 알 수 없으니 고마움과 미안함을 고루 안은 채 당신 곁으로, 다시 책상으로 간다. 나는 나보다 당신이 훨씬 크다고 믿고 또 그랬으면 좋겠다. 나보다 당신을 불쌍하게 여겨서 결국 당신의 근사함에 감탄하고 싶다. 한 명이라도 더 당신을 사랑하길, 질 좋은 연애가 이어지길 바라며 메일 전송 버튼을 누른다. 당신은 값싼 호기심 말고 귀한 관심을 받을 자격이 있으니까.

그래서, 정말 마음에 드나요? 내게 말하고
말하지 않은 것을 지금은 후회하지 않나요?
어차피 이 글을 재차 읽을 사람은 당신과
나뿐이라서 나는 늘 그런 걸 묻고 싶어져요.
당신을 위해, 당신 다음에 찾아올 당신을
안심시키기 위해 사랑하는 능력이 닳지 않도록

노력하겠습니다. 요가와 명상 말고 또 뭐가
있을까요. 아직 내가 모르는 방법도 많을
거예요.

Ⓒinema Ⓐnd Ⓣheater

Ⓒ 〈타인의 삶〉 (2023)
감독: 노도현
출연: 노재원, 최희진, 김해나

Ⓒ 〈밤치기〉 (2018)
감독: 정가영
출연: 정가영, 박종환

일로 만나는 사이

언니라고 부르지 않는 민정 언니

구름 한 점 없이 쨍쨍한 초여름 아침, 검은색 블라우스와 슬랙스를 입고 두툼한 코트까지 챙겨 강릉으로 출발했다. 목적지는 <나는보리>(2020) 개봉 이후 오랜만에 신작을 찍는 김진유 감독의 촬영장. 취재차 떠난 출장이 아니라 품앗이 방문이었다. 크리스마스 시즌에 클래식 공연장을 찾은 관람객 1이 내게 주어진 역할이었다. 덕분에 강릉아트센터에 처음 들어가 봤다. 공연장이 생각보다 거대해서 여기를 어떻게 채우나 싶었는데, 나처럼 보조출연을 위해 시간 내서 온 사람들이 곧 하나둘 모여들기 시작했다. 의상팀 스태프가 한 명씩 둘러보며 옷과 장신구를 점검했고 연출팀 스태프가 각자 앉을 자리를 지정해 줬다. 그 후엔 카메라 앵글에 맞춰 객석을 이리저리 이동했다. 무대에 오른 한 배우는 피아노를 쳤고 다른 배우는 지휘를 했다. 난 딱히 할 일이 없었다. 그저 음악이 들리지 않을 때도 음악을 듣는 척했을 뿐이다. 심심하던 찰나, 한 좌석 떨어진 자리에 아는 얼굴이 나타났다. 공민정은 재킷에 스카프까지 두른 차림이었다. "잘 지냈어? 요즘 안 그래도 네 생각 났는데."

어떤 영화인지, 어떤 장면인지, 또 어떤 배우가 출연하는지 전혀 모르고 갔던 터라 더 반가웠다. 소곤소곤 안부를 나누며 민정을 살폈다. 마지막으로 본 것이 언제였더라. 작년이었나. 간간이 SNS만 구경하다가 얼마 전 <배우반상회>(JTBC)에 출연한 모습을 보며 혼자 킥킥댔던 기억이 났다. 야무지게 밥상을 차리고 양배추 쌈을 입안 가득 넣어 먹는 민정이 사랑스러웠다. 민정의 집에서 와인을 마셨던 날도 직접 찌고 구운 양배추, 두부, 브로콜리 같은 것들이 안주로 나왔다. 방송에서 보여준 화장기 없는 얼굴도, 아침에 일기를 쓰는 습관도 익숙했다. 느슨하고 차분하게 흐르다가 어느 순간 엉뚱한 데서 튀어 오르는 목소리까지. 서로 말을 놓은 지 몇 해가 지났을 무렵, 민정은 불쑥 물었다. "근데 넌 왜 나한테 언니라고 안 해?" 서운하다는 것도, 면박을 주려는 것도 아니었다. 내가 본 민정은 투명한 사람이다. 궁금한 것을 묻고 아는 만큼 답한다. 다른 꿍꿍이를 안고 상대를 떠보거나 자신에게 없는 모습을 지어내지 않는다. 솔직히 말하면 그런 재주가 없다. 내가 "왜? 언니 소리 듣고 싶어?"라고 장난스레 반문하자, 민정은 고개를 좌우로 저으며 웃었다.

몇 차례 인터뷰했지만 가장 '아무렇게나' 대화했던 것은 <희수>(감정원, 2022)로 만났을 때였다. 드라마 <갯마을 차차차>(tvN, 2021)와 <작은 아씨들>(tvN, 2022), <천원짜리 변호사>(SBS, 2022)를 연달아 공개한 다음이었고 <정신병동에도 아침이 와요>(넷플릭스, 2023)를 한창 촬영하던 무렵이었다. 피곤하지 않을까 했는데 민정은 늘 그렇듯 "난 좋아, 다 괜찮아"라며 인터뷰에 응했다. 편집은 나중으로 미뤄둔 채 사적인 이야기를 맘껏 나눴고, 질문 대부분을 즉흥으로 던졌다. 영화와 인물, 그리고 민정 사이에 막이라고 부를만한 것이 거의 없다고 느껴서였다. "희수는 그냥 나였어. 진짜 나." 민정은 영화 전체에 걸쳐 유지되는 고요함과 조심스러움을 자신의 핵이라고 짚었다. "조용히 지켜보는 사람. 단단해지고 싶어 하지만, 알고 보면 상처받을까 봐 두려워하는 유약한 사람." 인터뷰 중간에 민정은 살짝 울었고 나도 따라 울었다. 그날 민정이 들려준 이야기 중 버릇처럼 발을 본다는 말이 한동안 머릿속에 맴돌았다. 제 기분이 좋은지 나쁜지, 누구에게 가까이 다가가고 싶은지 또는 누구를 멀리하고 싶은지 민정은 발을 보면 안다고 했다.

　　인터뷰 마치고 집으로 돌아오는 전철에서 기사 첫머리를 금세 썼다. "희고 깨끗한 얼굴, 길고 가느다란 몸. 공민정은 꾸밈없는 그릇 같다. 형형색색의 꽃보다는 그 꽃의 빛깔과 향기를 머금은 화병에 가깝다." 생긴 대로 사는 것이 운명이라면, 민정에게 배우는 자연스러운 길이지 않을까 싶었다. 속이 훤하게 비칠 정도로 맑은 데다 묵묵히 쓰임을 기다리는 모양새가 애틋하니까. 희수는 걸을 때도 참 조심스럽다. 들꽃을 밟지 않으려 천천히 발 디딜 곳을 찾는다. 민정에게 그 장면에 관해 묻자, 감독의 주문이 아니라 저도 모르게 나온 걸음걸이라고 했다. "촬영 마치고 정원 감독이 다가와서 묻더라고. 아까 왜 똑바로 안 걷고 이리저리 피했냐. 혹시 꽃밭을까 봐 그랬냐. 그제야 '아, 나 정말 희수처럼 걸었네' 했지. 희수라면 소소한 생명이나 어여쁜 존재를 해치지 않을 테니까." 인물을 향한 마음이 연기에 매번 가시적으로 드러나진 않지만, 때로는 그처럼 아주 구체적인 행동으로 나타나기도 한다는 말이 인상 깊었다. 어쩌면 꼭 연기가 아니더라도 일과 마음의 상관관계란 대체로 그렇지 않을까 했다. 내가 품고 쏟은 마음만큼 혹은 마음대로 일이 완성된다는 보장은 없으나, 그 마음이 아니라면 해낼 수 없는 일도 이따금 생기기 마련이다. 별다른 이유 없이 그간 나이 차이를 의식하지 않고 대했는데, 그 순간엔 민정을 언니라고 불러야 할 것 같았다.

강릉 촬영장에서 마주한 민정은 여느 때처럼 다정하면서도 언뜻 쓸쓸해 보였다. 그것이 민정의 무드인지 혹은 민정이 연기하는 인물의 무드인지 분간하기는 어려웠다. 그래도 불안하지는 않았다. 힐끗 내려다보니 민정의 두 발은 가지런히 놓여 있었다. 나침반처럼 정직한 발을 가졌기에 민정은 어디로든 갈 수 있고, 도중에 길을 잃어도 스스로 방향을 찾는다. 이번 영화에서도 분명히 그럴 거라는 생각이 들었다. 촬영이 재개되며 우리 대화는 짧게 끝났다. 머릿수를 채운다는 생각으로 종일 멍하니 앉아 있었는데 그때부터는 좀 떨렸다. 민정과 한 프레임 속에 존재할 수도 있으려나. 그럼 두고두고 자랑해야지. 설레는 상상하며 남몰래 민정의 발끝을 다시 훔쳐봤다. 내 귀엔 들리지 않는 음악을 민정은 듣고 있는지 두 발이 들썩였다.

해바라기의 꽃말은

초여름을 열어젖힌, 자랑스러움을 만끽하게 해준 또 한 명의 배우는 박가영이었다. "작년 전주에서 한비 기자님한테 이 영화 찍는다고 처음 말했거든요." <럭키, 아파트>(강유가람, 2024)로 전주국제영화제를 찾은 가영과 토크 프로그램에서 만났다. 진행자로 나선 내 모습이 낯설었는지 가영은 신기하게 쳐다봤다. 친구 앞에서 시치미 뚝 떼고 너스레 떨기가 민망했지만 '나는 프로다…' 주문을 외우며 마이크 잡은 손에 힘을 실었다. 그러다 행사 막바지에 가영이 말을 꺼낸 것이다. 꼬박 일 년 전에 우리는 전주국제영화제에서 만나서 <럭키, 아파트> 얘기를 했다고. 당시엔 GV를 포함해 서로 겹치는 행사가 하나도 없었다. 가영은 가영대로, 나는 나대로 바빠서 시간을 못 내다가 다행히 영화제가 끝나기 전에 약속을 잡았다. 비 내리는 밤, 한적한 수제맥줏집에 마주 앉아서 근황을 나눴다. 본래 한잔만 마시자고 했는데 그럴 수가 없었다. 가영이 새로 들어가는 작품 얘기를 꺼내서였다. 나는 들떠서 질문을 쏟아냈다. 감독이 누구야? 시나리오는 어때? 상대 배우는? 언제 촬영 시작하는데? 가영은 모든 물음표에 답해준 다음, 이 작품을 정말 잘 해보고 싶다고 했다. 너는 당연히 잘할 거라고 맞장구치면서 난 속으로 가영이 잘한만큼 영화가 잘되기를 바랐다.

　　박가영과 처음 만난 날은 기억나지 않는다. 아마 가영에게 물어보면 마음 씀씀이가 고운이답게 구체적인 장면과 느낌을 들려줄 테지만 이번에는 군이 묻지 않기로 한다. 우리는 어느 날 우연히 인사를 나눴고, <온 세상이 하얗다>(김지석, 2020)로 인터뷰했다. 그날 가영은 출연작에 관한 소회뿐만 아니라, 임용고시를 준비하다가 뜻밖에 데뷔한 과정부터 모든 일을 관두고 제주에서 혼자 살았던 시간까지 제 삶의 조각을 여러 개 나눠 주었다. 얼렁뚱땅 영화 일을 시작했다는 점과 그러고 나서 한동안 방황했다는 점까지 닮아서 따로 한 번 만나자고 약속했다. 그리고 얼마 후, 우리는 한때 내가 살았고 지금 가영이 사는 동네에서 재회했다. 아스팔트가 지글지글 끓는 한여름이었다. 거의 녹초가 된 상태로 약속 장소에 갔는데 가영이 꽃을 건넸다. 연보라색 스토크였다. 꽃 선물은 기뻤지만 가영을 위해 아무것도 준비하지 않은 탓에 얼굴이 화끈거렸다. 가영은 그 마음을 눈치챈 듯 "여기까지 오느라 고생했어"라며 웃고는 미리 알아본 국숫집으로 날 데려갔다. 비빔국수를 배불리 먹고 카페로 가서 오미자 차를 마셨다. 붉게 찰랑이는 찻잔을 바라보다가 다음엔 와인 마시자고 약속하며 헤어졌다.

　　가영은 새처럼 말한다. 가느다랗고 높은 음으로 마치 지저귀듯 속삭인다는 뜻이다. 물론 매번 속삭이기만 하는 것은 아니고, 때로는 고함을 지르거나 울먹이기도 한다. 상황에 따라 가영의 개성 짙은 음성은 파형을 달리하며 진동한다. 어린아이를 재우는 자장가처럼 흐르다가 일순 파열음을 빚어내는 식이다. 유연하게 변모하면서도 고유성을 잃지 않는 목소리. 단지 '톤이 좋다'라고 얼버무리기엔 아쉬운, 가영만의 매력이자 강점이다. <온 세상이 하얗다>에서 내가 가장 좋아하는 대사는 "어휴, 너무 추워서 빨리 죽어야겠어요"다. 오래전부터 삶에 지친 여자와 남자가 우연히 만나 함께 죽기로 결심한다. 자고 나면 기억을 잃는 모인(강길우)과 매일 과거를 지어내는 화림(박가영)은 서로 이름도 나이도 모르지만 상대에게 드리운 그림자만큼은 분명히 알아본다. 죽을 장소에 도착한 후, 모인은 끝내기 전에 뭔가 남기고 싶은 것은 없는지 묻는다. 그러자 화림이 말한다. 날도 추운데 빨리 죽

자. 심드렁하고 뻔뻔하게, 애초 삶에 기대하는 바가 없으니 죽음에도 마찬가지라는 듯. 그 태연한 음성에 픽 하고 웃다가 코끝이 찡해졌다.

　　한 번은 가영 앞에서 나도 모르게 불평을 늘어놓은 적이 있다. 실제로는 영특하고 고집 있는 사람인데 왠지 작품에서는 자꾸 약한 존재로만 그려지는 듯했다. 밑도 끝도 없이 묘연하거나 보호 본능을 자극하는 여자 말고 가영에게 딱 어울릴 법한 인물이 있을 텐데! 그때도 가영은 내 마음을 안다는 듯 어른스럽게 미소 지었다. "시나리오 보면서 고민에 빠지는 순간이 있지. 여성 캐릭터를 이런 방식으로 표현하면 좀 위험하지 않을까 싶어서. 가능한 상황이라면 용기 내어 이야기를 해보는 편이야. 감사하게도 함께 생각해 보자고 열린 자세로 다가와 주는 감독님들을 꽤 만났어." 부끄러웠지만 그제야 사실을 직면했다. 설령 같은 생각을 한다고 해도 내 기다림은 가영의 기다림에 견줄 것이 아니었다. 내가 밖에서 구경하며 투덜거리는 동안에 가영은 안에서 분주히 움직인다. 나는 결과를 볼 뿐이지만 가영은 과정을 겪는 사람이고, 그렇게 만들어진 최선은 그 자체로 존중받아야 한다.

　　문득 우리가 일로 만나는 사이라는 점이, 시기마다 작품과 연기를 놓고 대화할 수 있다는 점이 축복처럼 느껴졌다. 각자 어떤 하루를 보내고 무엇을 경험하는지 매일 같이 확인하지 않아도 괜찮다. 저마다 소중히 여긴 자리에서 고단하고 아름다운 시간을 겹겹이 쌓아가다가 너무 늦지 않게 마주칠 수 있다면 충분하다. 가영에게 꽃을 선물 받고 몇 년이 지나서야 나도 꽃을 건넸다. 전주국제영화제에서 <럭키, 아파트>를 보고 곧장 화원에 전화를 걸었다. "해바라기 있나요?" 영화 마지막에 가영도 그 꽃을 품에 안고 어디론가 간다. 희서(박가영) 곁에는 사랑하는 선우(손수현)가 있고, 지난한 계절을 통과한 연인은 뭔가를 잊지 않겠다는 듯 다부진 손길로 꽃이 뿌리 내릴 자리를 찾는다. 언제나 환한 곳을 향해 활짝 피는 꽃, 해바라기의 꽃말은 열정과 기다림이다. 언젠가 인내심이란 단지 참고 견디는 상태를 의미하는 것이 아니라, 기다리는 동안 좋은 마음가짐을 유지하는 능력이라는 말을 들은 적이 있다. 희서와 선우는 제안하는 듯했다. 우리 모두 자신에게, 또 서로에게 인내심을 발휘해 보자고. 열정을 간직한 채 기다리자고. 해바라기를 손에 쥔 가영을 보며 당차고 올곧은 꽃말을 되새겼다. 모자라지도 과하지도 않게 물과 햇빛을 주면서 일로 만나는 사이를 가꿔 나가려 한다. 우리는 어떤 열매를 맺고 또 어떤 씨앗을 남기려나.

Ⓒinema Ⓐnd Ⓣheater

Ⓒ 〈희수〉 (2022)
감독: 감정원
출연: 공민정, 강길우, 안미영, 김필, 김현정

Ⓒ 〈럭키, 아파트〉 (2024)
감독: 강유가람
출연: 손수현, 박가영, 이주영, 정애화

Ⓒ 〈온 세상이 하얗다〉 (2020)
감독: 김지석
출연: 강길우, 박가영

내비게이션을 켜라!

또 헤어졌다. 나는 아직 한낮인데 상대는 이미 저녁이었던 탓이다. 저문 거리처럼 빛이 사윈 얼굴을 보기 싫어서 일부러 성큼성큼 걸었다. 숨이 차오를 무렵, 그 사람과 나는 어쩌면 한 번도 같은 시간대에 속했던 적이 없는지 모르겠다는 생각이 들었다. 아직과 이미, 미처와 벌써, 그렇게 서로 다른 곳에서 공회전하며 둘 다 '저 이를 대체 언제까지 기다려야 하나?' 툴툴댔는지도. 한쪽은 느리고 한쪽은 빨랐다. 새삼스럽지는 않았다. 그간 인연을 맺고 끊는 과정에서 내 노력과 너의 의지보다 우리의 때가 훨씬 큰 힘을 발휘하는 순간은 꾸준히 등장했다. 사랑은 타이밍, 타이밍은 인연. 이번에도 단순한 진리에 발목 잡혔을 뿐이다.

어긋남과 엇갈림은 비단 인간관계만의 문제는 아니다. 영화와도 시차를 겪는 일이 부지기수다. 지금은 맞고 그때는 틀린 것, 지금은 알지만 그때는 몰랐던 것이 존재하다 보니 어떤 영화는 태어나고 한참 지나서야 내 앞에 나타나기도 한다. 예컨대 <다가오는 것들>(미아 한센 러브, 2016)이 개봉했을 당시, 이 영화는 내게 거의 아무것도 주지 못했다. '우리의 때'가 아니었던 것이다. 나탈리(이자벨 위페르)는 나와 거리가 먼 여자처럼 보였다. 철학 책을 한 손에 쥐고 학생 사이를 활보하는 교사, 거리를 달구는 젊은이의 분노에 냉소하는 중년, 남편의 외도를 알게 된 후 자신은 "지적으로 충만한 삶"을 살고 있으니 괜찮다고 자위하다가 불쑥 "여자는 마흔 넘으면 쓸모없어져"라며 자조하는 여자. 나탈리는 콧대 높고 밉살스러웠다. 전형적인 중산층 지식인처럼 보였기에 나는 아무래도 끌리지 않았다.

그로부터 8년이 흘렀다. 영화 속에 그대로 보존된 나탈리와 달리, 나와 내 삶에는 작고 큰 변화가 일어났다. 이십 대에서 삼십 대가 됐고 새로운 직함을 얻었으며 아끼던 몇 가지를 잃었다. 서른 번째 생일 케이크의 촛불을 불던 밤, 누가 예고하지 않는데도 직감했다. 앞으로는 나이와 나이 먹는 일에 관해 밥 먹듯 생각하겠구나. 어려서 혹은 몰라서 실수했다는 핑계가 더는 통하지 않겠구나. 잘잘못을 가리는 조건에 나이를 추가한다면 오히려 잘못이 늘어날 형편이었다. 나잇값도 못 했으므로. 내일을 떠올리면 기대보다 걱정이 앞섰다. 잠이 달아나 혼자 뒤척이는 이불 속에서도 "어떻게든 되겠지!" 같은 말을 내뱉지 않으려 조심했다. 될 대로 되라는 마음을 지탱하는 것은 치기 어린 배짱이니까. 지금이 아닌 과거 어느 시기에만 가능했던 변명, 그걸 내 몫이라고 우겨서는 안 됐다.

삼십 대에 접어들면서 이상한 버릇이 생겼다. 내 나이의 엄마를 떠올리며 나와 엄마를 비교하는 것이다. 서른다섯, 지금 내 나이에 엄마는 최악의 해를 보냈다. 우선 가혹한 꼬리표가 줄줄이 따라왔다. 이혼녀, 편모, 소박맞은 본처. 하나같이 엄마를 짓밟는 수식이었기에 엄마는 모조리 부정하기로 했다. 가족과 지인 중 누구에게도, 심지어 나에게도 알리지 않고 가족관계증명서를 정리했다. 도움도 동정도 차단한 채, 변변한 직업도 없이 엄마는 초등학생 딸과 단둘이 남았다. 아빠 쪽 이야기는 더 뻔하다. 그는 일터에서 부하 직원과 바람이 났다. 상대는 엄마보다

여덟 살 어렸고 결혼을 원했다. 죽고 싶은 심정
으로 버티던 엄마에게 아빠가 먼저 이혼을 요구
했다. 서른다섯은 엄마의 그 모든 불행과 치욕을
상징하는 숫자였다. 엄마는 한동안 무너진 상태
로 살았다. 붕괴를 감추거나 잊으려고 최선을 다
했지만 집은 위태로웠다. 그 무렵 내 기억 속 엄
마는 언제나 베란다에 서 있다. 몇 시간째 미동
도 하지 않는 등과 맨발을 보면서 나는 입을 달
싹인다. 떨어지지 마. 죽지 마. 제발 돌아와.

    비약이 심하다는 사실을 자각하면서도
서른다섯은 공포로 다가왔다. 그 나이가 되면 실
패한 여자라고 낙인찍힐 것만 같았다. 결혼하고
임신하고 출산하고 살림과 양육을 도맡으며 갖
은 애를 써봤자 결국 망가지는 여자, 믿었던 남
자에게 버림받고 '어린 여자'에게 행복을 도둑맞
는 여자. 처참하고 무식한 결론이었지만 나라고
다르지 않을 듯했다. 게다가 따지고 보면 엄마가
나보다 나았다. 나는 엄마 나이에 엄마만큼도 갖
출 수가 없었다. 당시 엄마는 닥치는 대로 돈을
벌어야 했다. 남편이라는 가장 큰 자본이 사라졌

고 아이는 아무것도 몰랐다. 위자료 명목으로 작은 아파트 명의를 지켰지만 대출금은 한참 남은 상황이었다. 아이는 시도 때도 없이 배고프다고 졸랐고 매달 새로운 걸 배우고 싶어 했다. 엄마는 새벽 분식집에서 김밥을 말고 점심에는 그릇을 팔러 다니고 세탁소에서 밤새워 일했다. 엄마처럼 살기 싫다는 문장은 오래전에 폐기했다. 아무리 노력한다 해도 나는 엄마만큼도 살 수 없을게 분명했다.

무서웠다. 자본이라고 부를 만한 것이 없는, 혼자 사는 여자가 가난을 두려워하지 않을 수 있을까. 노화와 배신을 연결 짓지 않을 도리가 있을까. 나탈리는 그제야 내 곁에 머무는 인물이 됐다. 옛 제자의 친구들과 어울리는 자리에서 나탈리는 자신이 "급진성을 논하기엔 너무 늙어"버렸다고 평한다. 젊은 여성이 이유를 묻자 나탈리는 한숨을 꾸역꾸역 삼키는 투로 말한다. "예전에 해봤거든요. 다 해봤다고요. 그래요, 난 변했어요." 질문했던 이가 차분히 응수한다. "세상은 그대로인걸요. 더 나빠지기만 했죠." 그 대화를 마치고 나탈리는 집 나간 고양이 판도라를 찾아 헤맨다. 죽은 엄마와 십 년을 함께한, "늙고 뚱뚱해서" 처치 곤란이라고 흉봤던 고양이를 돌아오게 하려고 사료통을 흔들며 목 터져라 이름을 부른다. 다음 날 아침 판도라는 제 발로 나타난다. 나탈리는 고양이를 끌어안고 냄새를 맡더니 얼마 후엔 심지어 그 옆에 누워 서럽게 흐느낀다. 아이처럼, 자신이 기억하는 엄마처럼.

　　나탈리의 엄마도 남편에게 배신당했다. 나탈리가 비참한 와중에도 우아한 자세를 유지하려 애쓰는 것은 엄마에게 물려받은 유산인지 모른다. 엄마가 죽기 전, 나탈리는 진저리치면서도 엄마를 외면하지 못했다. 캄캄한 새벽에도, 수업이나 회의 중간에도 엄마 전화를 받고 달려나갔다. 뒤치다꺼리하느라 하루에도 몇 번이나 시달리면서 나탈리는 문득 엄마에게 자신을 겹쳐 보았을 것이다. 엄마의 고약한 성미, 아름다움, 유약함, 유머, 죄책감, 회한, 미련, 질병이 때로는 저주처럼 딸을 파고들고, 때로는 악몽처럼 딸의 인생에서 되풀이된다. 엄마에게는 허락되지 않던 수많은 기회를 얻고 나서도 딸은 먼저 살았던 여자들로부터 깨끗이 벗어나기 어렵다. 나는 이제 나탈리가 정말 가깝게 느껴진다. 세상은 더 나빠지기만 했다는 젊은이의 말에 부서지는 날이 언젠가 내게도 오겠구나 싶다.

　　몸을 축 늘어뜨린 채로 눈만 깜빡였다. 절반 가까이 남은 삼십 대는 물론이고 내 사십 대도, 그 이후도 전혀 기대되지 않았다. 무기력은 위험 신호다. 시야가 좁아질 때는 사례를 늘려야 한다. 다른 길도 있어. 다르게 사는 사람도 있어. 너는 너에게 다른 걸 줄 수도 있어. 그렇게 말하는 이를 만나면 내 위치와 상태를 점검할 기운이 생긴다. 지혜가 바닥난 날에는 지혜가 풍부한 사람에게 잠시 기대는 것도 나쁘지 않다. 흐리멍덩한 생각에 갇힌 날에는 명료한 문장을 듣는 것만으로도 속이 개운해진다. 그즈음 내 머릿속에 떠오른 얼굴은 김금순, 오민애 배우였다. 김금순 배우가 주연을 맡은 개봉작 <울산의 별>(정기혁, 2024)을 명분으로 내세웠으나 두 배우의 합동 인터뷰는 순전히 사심으로 밀어붙였다. 내친

김에 오민애 배우의 주연작 <딸에 대하여>(이미랑, 2024)가 개봉하면 2차 합동 인터뷰를 진행하자고 약속까지 해두고 만날 날을 정했다.

<울산의 별>과 <딸에 대하여>는 중년 여성이 주인공이라는 점 외에도 다양한 공통분모를 지닌다. 남편의 부재, 자식과의 갈등, 사회에서 느끼는 소외감을 바탕으로 영화 속 인물들은 나이 듦과 노동에 관해 깊이 고민한다. 내 눈에는 김금순 배우가 연기한 윤화나 오민애 배우가 연기한 주희나 모두 싸우는 사람처럼 보였다. 결코 따라잡을 수 없는 속도로 변화하는 사회와 아무리 애써도 끝내 요지부동인 사회가 공존하는 세계에서 두 여자는 "원래 다 그렇다"는 말에 지지 않으려고 애쓴다. 인터뷰 중반쯤 문이 열리듯 속마음이 튀어나왔다. "두 분은 나이 먹는 것이 무섭지 않으세요?" 다듬을 겨를 없이 질문을 내뱉고 나서 허둥지둥 고백했다. 나는 요새 무섭다고. 가진 것 없이 홀로 늙어가는 여자에게 자꾸 눈길이 가고, 내 앞날이 다른 모양으로 그려지지 않아서 불안해진다고.

오민애 배우는 눈을 지그시 맞추며 그 두려움의 정체가 무엇인지 아느냐고 되물었다. "자세히 들여다보면 그건 외로움이에요. 평범한 사람들과 동떨어진 삶을 살까 봐, 무리에서 왕따 당할까 봐 무서운 거죠. 나라고 노화에 의연할까요. 늙어서 체력 떨어지면 어쩌지? 혼자 사는데 아프거나 돈을 못 벌면? 그렇게 사회에서 외면당하는 무능력자가 되는 건가? 고립에 대한 불안과 염려는 너무 당연해요. 하지만 공포에 잠식되면 안 돼요. 나도 마음 다잡고 저항하는 상태예요." 나는 하늘에서 내려온 동아줄을 발견한 사람처럼 말꼬리를 붙잡고 늘어졌다. 그건 어떻게 가능한지 궁금했다. 뭘 믿고 바라보며 살아야 하는지 묻자, 오민애 배우는 단숨에 답을 내놓았다. "먼저 나를 사랑해 줘야 해요. 내가 나를 사랑하게 되면 남한테 사랑을 구걸하지 않거든. 밖에서 애인을 찾거나 다른 이에게 인정받으려고 안달할 필요가 없는 거예요. 이미 사랑을 충분히 받고 있으니까. 그러면 자신을 믿게 돼요. 나라는 중심이 딱 버티고 있으면 뭐가 좋은지 알아요? 포용력이 생겨요. 바깥을 덜 왜곡하고 덜 오해해요."

　　지금껏 늙는다는 것에 관해 생각할 틈조차 없이 분주하게 살았다는 김금순 배우는 최근 나이 먹는 재미를 하나씩 알아가는 중이라고 했다. "나이 먹는 것이 좋더라고요. 일단 일할 때 그래요. 경험이 쌓이다 보니 어느 순간 한계라는 단어를 별로 신경 쓰지 않게 됐어요. 오히려 더 해보고 싶어요. 공부하고 싶고, 새롭게 시도하고 싶고. 연기할 때 인물에게 접근하는 방식도 보다 적극적으로 탐구하려고 해요. 민애 선배 말에 조금 덧붙이자면, 나를 아끼고 지키는 것만큼이나 좋은 동료와 친구를 만나는 것이 중요해요. 나는 평소에 민애 선배랑 자주 대화하거든요. 우리 작품 얘기는 별로 안 해요. 그냥 사는 얘기 하는데, 그렇게 수다 떨다 보면 힘이 나요. 나도 더 나이 먹고 경험이 많아지면 후배들에게 힘을 주고 싶어요. 주변에 있는 삼십 대, 사십 대 배우 중에도 힘들어하는 친구들이 많거든요."

　　인터뷰를 마치고 사진 촬영을 준비하러

가는데 김금순 배우가 "한비 씨"하고 속삭였다. 어디서 났는지 갑자기 쇼핑백을 꺼내더니 줄 것이 있다고 했다. 봉투 네 묶음이 나왔다. "민애 선배 두 개 주고, 한비 씨도 두 개 주고." 미숫가루와 볶은 참깨였다. 사진 촬영을 마치고 나서 오민애 배우와 저녁 식사를 함께했다. 김금순 배우는 뒤에 다른 촬영이 잡혀 먼저 떠난 후였다. 고소한 선물을 가방에 넣고 식당에 들어갔다. 생선구이와 청국장, 그리고 소주를 한 병 주문했다. 뜨겁고 차가운 것을 번갈아 입에 넣으며 나는 인터뷰가 끝나지 않은 것처럼 굴었다. 어떻게 살아야 하냐는 질문에 사랑하라고 일러준 이답게 오민애 배우는 어떤 우문에도 현답을 건넸다. 외로움을 달래는 법에 관해 묻자 그는 길을 잃지 않는 법을 들려줬다. "계속 가면 돼요. 헛된 꿈이어도 좋고 영영 이루지 못해도 괜찮아요. 대신에 내비게이션은 켜고 달려야지. 어디로 가겠다고 마음을 정하고 움직여야 가까워지거든. 그렇게 계속 가다가 뭐 중간에 지치면 천안휴게소 들러서 잠시 쉬기도 하고."

와하하 웃고 무릎을 쳤다. 맞다, 그 비유를 빌리자면 난 휴게소에서 길 잃은 신세였다. 처음엔 호두과자만 먹고 떠날 생각으로 멈췄는데 애초 점찍은 도착지가 없다 보니 '여기서 호두과자를 먹는 것이 내 길인가?' 헷갈리는 중이었다. 오민애 배우와 소주 석 잔씩 나눠 마시고 진한 포옹을 끝으로 헤어졌다. 집으로 가는 전철 안에서 그날의 대화를 꼭꼭 씹어먹었다. 다른 사람에게 주기 전에 내가 제일 먼저 배부르려고 했다. 아마도 그것이 내 일에서 가장 신나고 은밀한 기쁨일 테니. 다들 정처 없는 마음을 끌어안고 산다. 혹시나 엉뚱한 곳에 줄줄 흘리거나 저도 모르는 사이에 몽땅 새어 나가지 않도록 부둥켜안는다. 그러다 허기진 이를 만나면 두고두고 먹을 것을 챙겨주기도 하고, 설익은 마음을 그냥 지나치지 못해 등을 쓸어주기도 한다. 그 애정과 호의를 받은 사람은 막연한 공포에 자신을 내맡기지 않을 배포를 마련한다. 다른 길도 있어. 다르게 사는 사람도 있어. 나는 나에게, 또 남에게 다른 걸 줄 수도 있어. 집에 돌아와 미숫가루를

물에 타 마시면서 녹취를 풀었다.

　　노화란 무엇인가. 늙은 여자가 된다는 건 구체적으로 무얼 의미할까. 시장성이 없는 상품, 철 지난 유행가, 눈앞에 있어도 보이지 않는 존재로 취급받는 것. 어떤 면에서는 해방감을 줄까, 아니면 끝내 모욕적일까. 젊음과는 또 다른 위험이, 젊은 날엔 짐작도 못 한 위협이 다가올지도 모를 일이다. 그렇게 '다가오는 것들' 속에서 나탈리는 여전히 두 다리로 버티고 서 있다. 영화 말미, 나탈리는 학생들에게 알랭의 『행복론』 중 이런 문장을 발췌해 읽어준다. "원한다면 우리는 행복 없이 지낼 수 있다. 우리는 행복을 기대한다. 만일 행복이 안 온다면 희망은 지속되며 이 상태는 자체로서 충족된다. (…) 원하던 것을 얻고 나면 덜 기쁜 법. 행복해지기 전까지만 행복할 뿐." 나탈리의 해석에 따르면 상상력은 가상적 만족을 생산한다. 누군가는 그래 봤자 덧없는 공상에 지나지 않는다고 하겠지만, 누군가에게 상상력은 현실과 환상의 경계를 허물고 삶의 버팀목을 마련해 주는 실질적 힘이기도

한다. 우선 조언대로 내비게이션을 켜는 상상부
터 해야겠다. 잘 늙는 것만큼이나 계속 가는 것
이 중요하니까.

Ⓒinema Ⓐnd Ⓣheater

Ⓒ 〈다가오는 것들〉 (2016)
감독: 미아 한센 러브
출연: 이자벨 위페르, 에디뜨 스꼽

Ⓒ 〈울산의 별〉 (2024)
감독: 정기혁
출연: 김금순, 도정환, 주시현, 김동의

Ⓒ 〈딸에 대하여〉 (2024)
감독: 이미랑
출연: 오민애, 허진, 임세미, 하윤경

다 된 영화에 글 얹기

엄마는 내 사주에 선생 팔자가 있다고 했다. 남을 가르치면서 살 운명이라는 말을 건네듣자마자 정색했다. 선생은 아무나 할 수 없는, 아무나 해서는 안 되는 직업이라고 생각해서다. 삶에서 좋은 선생을 만난 적은 드물고, 좋지 않은 선생에게 받은 영향은 지대했다. 엄마는 그저 딸이 안정적으로 살길을 마련했으면 하는 마음일 거다. 혹은 실제로 역술가에게 그런 이야기를 들었을 수도 있다. 다만, 내가 보기에 선생은 편안히 살고 싶다는 욕구를 앞세워 선택할 직업은 아니다. 늘 다수를 상대해야 하지 않나. 여럿에게 제 목소리를 전달하는 위치이기에 능력뿐만 아니라, 올바른 가치관과 신뢰할 만한 품성을 갖추는 일이 중요하다. 단지 경력이나 자격증만으로는 전부 증명할 수도 갈음할 수도 없는 자격, 선생에게는 그것이 필요하다고 본다.

처음 강의를 제안받았을 때, 그래서 심장이 빨리 뛰었다. 난 어디 가서 선생 노릇을 할 만큼 훌륭한 사람이 아닌데. 내게 상처와 실망을 안겼던 선생들이 눈앞에 우르르 스쳐 지나갔다.

다음으로는 무엇을 가르쳐야 할지 막막했다. 영화 보는 방법이라는 것이 따로 있나. 글 쓰는 방법 같은 걸 정말 가르치고 배울 수 있나. 교육과 학습의 목표를 설정할 수 없다는 점에서 갈피를 잡기 어려웠다. 어디서 출발하고 어디로 도착해야 하는지 판단할 만한 깜냥이 안 됐다. 그런데도 제안을 수락했던 이유는, 본받을 만한 선생까지야 못 되더라도 하나의 사례는 될 수 있다고 여겼기 때문이다. 정보가 없어서 불안한 시기를 겪었기에 '이렇게 사는 사람도 있다'고 말하고 싶었다. 당신이 꼭 같은 경로를 거칠 필요는 없지만, 누군가는 이렇게 영화를 보기도 하고 또 이렇게 글을 쓰기도 한다고.

단단히 긴장한 채 수업에 나섰는데 생각보다 빠르게 깨달았다. 내가 전부 통제할 수 없구나. 강연자로서 역할과 책임을 명심하되, 나 또한 이 그룹의 구성원 중 한 명이라는 사실을 기억해야 하는구나. 강의는 일방적으로 흘러가지 않는다. 주는 사람과 받는 사람이 고정되어 있지 않고, 화자와 청자를 엄격히 구분할 수도 없다. 모든 종류의 대화가 그러하듯, 인터뷰와 마찬가지로, 강의도 상호작용에 속한다. 내가 할 일은 기술을 전수하는 것이 아니라, 다양한 변수에 대응하며 방향을 제시하고 함께 고민해 보는 것이다. 은유 작가는 『해방의 밤』에서 "글쓰기는 문장 쓰기가 아니라 관점 만들기를 배우는 일"이라고 표현했다. 필자가 별생각 없이 지나쳤던 지점으로 돌아가기, 그곳에 멈춰서 다시 생각하기를 권유하기. 내가 그 일을 피하지 않아야 글은 조금씩 나아지고, 강의실은 특정한 개인의 장소가 아닌 공동 공간으로 자리 잡는다.

영화 글쓰기 강의를 시작하면서 '다 된 영화에 글 얹기'라는 제목을 붙였다. 리뷰든 에세이든 비평이든 영화 글을 쓰다 보면 왕왕 의심이 깃든다. 내가 뭐라고 이걸 쓰지? 영화는 그 자체로 완성된 결과물이고 누구도 내 의견 따위 요청한 적 없는데 이건 그야말로 사족 아닌가? 안 해도 괜찮은 일을 군이 하겠다고 나서는, 다 된 영화에 내 맥락과 입장을 군이 얹기로 한 이유를 우리 스스로 찾아냈으면 했다. 영화에 관해 쓰는 일은 많은 경우에 결국 영화를 경유해 나를 쓰는 일이 돼서다. 각자 자신의 주제를 펼쳐 내는 과정에서 영화를 좋은 도구이자 창구로 활용하기를 바라며 수업을 준비했다.

처음 만난 수강생들은 대체로 조용했으나 표정이 풍부한 사람들이었다. 무슨 말을 하고 싶은지 단번에 파악하기는 어려웠지만 저마다 할 말은 많아 보였다. 영화감독, 문화기획자, 영화제 스태프, 배급사 직원, 영화 전공자, 영화 감상이 취미인 학생 등 대부분 영화와 오래 관계를 맺어 온 이들이었다. 매주 함께 볼 영화를 정하고 새로운 주제로 글쓰기를 제안했다. 짧은 리뷰부터 긴 칼럼까지 글 형식을 달리하며 분량도 조금씩 늘렸다. 대개 생업으로 바쁜 와중에도 성실하게 과제를 마쳤고, 너무 조심스러워하거나 어색해하면 어쩌나 하는 우려가 무색하게 합평에도 적극적으로 참여했다. 그렇게 서로 얼굴과 스타일을 눈에 익히는 사이, 글의 강점과 약점도 자연스레 파악했다.

나는 사전에 약속을 청했다. 최대한 이

해하려고 노력하는 동시에, 지금 여기서만큼은 맘껏 오해도 해보자. 동료 작가이자 독자로서 타인의 글을 읽자. 오해를 두려워하면 솔직히 말할 수 없고, 내 글에만 몰두하면 다른 글에 소홀해져서 합평의 균형을 잃기 때문이었다. 다들 애써 준 덕분에 큰 문제 없이 주고받기를 이어갈 무렵, 아찔한 순간이 찾아왔다. 성소수자부모모임 활동가와 그들의 자녀를 기록한 다큐멘터리 <너에게 가는 길>(변규리, 2021)에 관해 이야기하는 날이었다. 수업 전에 올라온 글 두 편에 성소수자를 향한 혐오와 차별 표현이 실려 있었고, 다른 수강생으로부터 커밍아웃과 더불어 오늘 수업에 참여하기가 걱정스럽다는 문자 메시지를 받았다. "안전한 대화의 장이 될 수 있도록 가이드라인을 제시해 주셨으면 좋겠습니다. 퀴어 당사자로서 두 글에 문제 되는 부분이 많다고 생각하여 우려되고 두려운 마음입니다."

성소수자의 존재는 찬성과 반대를 나누는 영역이 아니므로, 두 글은 애초 주장에 심각한 오류가 있을 뿐 아니라 논리도 빈약했다. 편견을 답습하며 부정확한 정보를 근거로 사용했기에 신뢰도 또한 떨어졌다. 글의 문제점을 짚어내기는 어렵지 않았지만, 합평을 지속할수록 마음이 무거워졌다. 모두 실패하는 듯한 느낌이 들어서였다. 우선 '잘못됐다'고 지적받은 이는 당황한 나머지 입을 다물고 시야를 차단해 버렸다. 그 침묵을 분노 혹은 고집으로 해석한 이들은 더 날카롭고 선명한 언어로 비판했다. 점점 부풀다가 팡 터져버리는 풍선처럼 긴장으로 팽팽해지던 대화는 끝내 출구를 찾지 못한 채 중단됐다. 한 달간 연습했던 주고받기는 힘을 잃고, 누구도 만족할 수 없는 시간만 남았다.

그날 글쓴이는 비판을 공격으로 여겼을 것이다. 자신의 글이 아닌 삶을 평가 당했다고 받아들였을 수도 있다. 그러니 관점을 바꾸는 일도, 그 글을 고쳐 쓰는 일도 어쩌면 영영 일어나지 않을지 모른다. 한편, 글에 담긴 혐오와 차별에 저항했던 이들도 저마다 내상을 입었다. 특히 수업에서 커밍아웃했던 퀴어 당사자의 경우, 강사인 나보다 훨씬 무거운 짐을 저야 했을 거라고 짐작한다. 글쓴이 중 한 명은 강의실을 나가기 전에 내게 책임을 물으며 "이렇게 논란이 될 만한 영화는 처음부터 선정하지 말았어야 했다"고 했다. 영화가 아닌 영화를 둘러싼 상황이 논란거리이기에 나는 앞으로도 그런 영화를 수업에서 다루겠다고 답했다. 다만, 지금도 종종 그때로 돌아가서 생각한다. 내가 어떻게 행동했어야 할까. 안전하고 활기찬 대화의 장을 열려면 사전에 무엇을 준비하고 현장에서는 어떤 분위기를 마련해야 할까.

그 후 글쓰기 수업에서는 약속문을 먼저 나누고 시작하는 편이다. "우리는 서로 존중하고 평등한 관계를 지향합니다. 성별, 나이, 성적 지향, 성별 정체성, 장애, 국적, 인종, 출신 지역, 혼인 여부, 가족관계, 경력, 외모, 학력, 직업, 병 등을 근거로 타인을 차별하지 않습니다. 기본적으로 경어를 쓰고, 호칭과 존댓말/반말 사용 여부는 상호 협의하여 결정합니다." 익숙한 내용이라고 해도, 그럴듯 문장으로 명시해 놓고 다 같이 소리 내어 읽으면 새롭게 다가온다. 커리큘

럼뿐만 아니라 내 소개도 가급적 구체적으로 한다. 활동 분야와 관심사를 공유하고, 어떤 글을 써왔는지 확인할 수 있도록 매체 링크를 전달한다. 강사 소개가 자세할수록 강의 흐름을 예측하기 수월해서다. 물론 이를 통해 모든 문제를 해결할 수는 없다. 때로 예상치 못한 반응에 직면하기도 하고, 누군가는 마음 한쪽에 여전히 두려움을 품고 수업에 올지 모른다. 그래도 약속과 정보는 울타리가 되어준다. 몇 해 전에 수강생이 요구했던 '가이드라인'을 차근차근 만들어나가고 싶다.

최근 예산에 위치한 중학교에서 영화 글쓰기 강의를 진행했다. 시간이 넉넉하지 않아서 고민하다가 단편 <잃어버린 외장하드를 찾는 이상한 모험>(백승화, 2020)을 함께 봤다. 영화 일을 그만둔 미숙(오경화)이 어느 날 친구 이감독(권은수)의 촬영 원본이 담긴 외장하드를 잃어버리고 만다. 집안을 살펴보던 미숙은 벽에서 의문의 구멍을 발견하고 순식간에 빨려 들어간다. 그러자 눈앞에 이상한 세계가 펼쳐진다. 미숙이 지금껏 살면서 잃어버렸던 온갖 것들이 둥둥 떠다니는 것이다. 개중에는 외장하드 같은 물건뿐만 아니라, 잃어버린 마음 '자신감'도 있다. 자신감을 기념품으로 챙겨 본래 세계로 돌아온 미숙은 영화를 다시 만들어 보기로 한다. 한 학생은 줄거리와 기억에 남는 장면을 적은 후, 맨 아래 이렇게 적었다. "미숙이가 만들고 있는 영화 제목이 궁금하다." 나도 지금 어디선가 만들어지는 영화와 어디선가 쓰이고 있을 글이 궁금하다. 무엇보다 이해와 오해를 반복하며 다 된 영화에 함께 글을 얹을 다음 사람이 기다려진다.

Ⓒinema Ⓐnd Ⓣheater

Ⓒ 〈너에게 가는 길〉 (2021)
감독: 변규리
출연: 정은애, 강선화, 봉레오, 정예준

Ⓒ 〈잃어버린 외장하드를 찾는 이상한 모험〉 (2020)
감독: 백승화
출연: 오경화, 권은수

산책과 장바구니

보고

조금 아까 불이야 하고 소란을 피운 건
무지개였습니다
벌써 한 시간도 넘게 늠름히 떠 있네요

— 미야자와 겐지, 『봄과 아수라』

참손길지압힐링센터:
통증관리 코스 62,000원

구멍 뚫린 침대에 엎드려서 생각한다. 지금껏 누가 내 몸을 이렇게 구석구석 만져준 적이 있던가. 그는 나보다 나를 잘 아는 것 같다. 정수리부터 발바닥까지 요령 좋게 짚어보더니 재빨리 문제를 파악한다. 그의 요구는 소박하다. 힘 풀고 숨 쉬세요. 끈적함이라고는 전혀 없는 손길에 눈이 감긴다. 어두운 바닥에 굴러다니는 머리카락을 흘깃거리며 이 침대에 얼마나 많은 이가 누웠을지 가늠해 본다. 뭉치고 결린 데를 호소하면서 순순히 제 몸을 맡겼을 사람들. 어디선가 라벤더 향이 옅게 풍긴다. 안마사는 한숨을 쉬지도 혀를 차지도 않지만, 나는 무른 살과 질긴 근육을 그에게 떠넘긴 것이 못내 부끄럽다. 한 시간이 흐른다. 그는 초점 없는 눈으로 나를 일으켜 세우고 조언한다. 자주 밖에 나가서 걸으세요. 눈을 맞출 수 없으니 표정도 알아맞히기가 어렵다. 그와 약속하는 대신 그가 추천한 아로마 오일을 사기로 한다. 이것이 봄의 일이다.

망원시장:

반찬 10,000원

자두 4,000원

제습제 18,600원

담당자에게 원고를 보내고 나니 오후 세 시. 문 하나 사이에 둔 부엌으로 건너가자마자 가스레인지 위에 놓인 냄비가 눈에 띈다. 뚜껑을 열기 전에 사고를 예감한다. 아니나 다를까, 된장국은 이미 상해버렸다. 냄비가 넘칠 정도로 아낌없이 썰어 넣은 배추가 아깝다. 이 날씨에 무슨 요리냐며 비몽사몽으로 샤워하고 시장에 간다. 반찬 가게가 세일 중이다. 한 팩에 사천 원인데 세 팩을 사면 만 원이란다. 심사숙고 끝에 미역줄기볶음, 고추장아찌, 우엉조림을 산다. 이마에 맺힌 땀을 손등으로 훔친다. 과일 가게를 지나쳤다가 되돌아가서 자두도 한 바구니 집어 든다. 화려하리만치 붉은색이다. 몸이 접히는 부분마다 물기를 머금은 공기가 끈질기게 달라붙는다. 눈에 보이지 않는 얇은 막을 헤치며 걷는 듯하다. 안마사는 앞을 볼 수 없으면서도 어쩌면 그토록 능숙했을까. 팔과 다리를 내저으며 서둘러 귀가한다.

집안 공기가 무겁다. 곳곳에 제습제를 놓긴 했지만 여름 내내 습기는 가시지 않을 것이다. 유난한 습기에 시달리는 이유는 둘 중 하나다. 내가 볕 들지 않는 반지하에 살기 때문에, 또는 한강과 유수지를 끼고 있는 망원동에 살기 때문에. 두 가지 주거 조건을 합산한 결과일 수도 있겠다. 망원을 거꾸로 하면 원망. 이따금 글자를 바꿔 쓰고 킥킥댄다. 어쩐지, 안 그래도 그게 늘더라. 다시 의자에 앉아 키보드를 더디게 두드리며 쓰고 지우기를 반복한다.

영화들은 심약한 사람처럼 계절을 탄다. 겨울에 개봉하는 영화는 겨울을, 여름에 개봉하는 영화는 여름을 배경으로 할 때가 잦다. 빤한 전략인데 먹힌다. 매번 돌아오는 계절에 매번 흔들리고 마는 이들, 지금 여기에 몰두하지 못하고 다른 시공간에 한눈파는 이들이 걸려든다. 물렁물렁한 자두를 골라 먹으며 쓴다. "한편, 집 밖은 햇빛 쨍쨍한 한여름이다." 자두가 생각만큼 달지 않다. 나는 미간을 찌푸린 채 웃는다고 덧붙인다. "이들이 뿜어내는 분방한 에너지는 어쭙잖은 위로가 지겨운 청춘들에게 생기를 불어넣는다. (…) 잎사귀를 뚫고 나온 초록빛처럼 싱그럽게 웃는 두 배우를 만났다."

서울화력발전소:
아이스 아메리카노 2,500원
달력을 보니 이번주면 칠월도 끝이다. 두 달째 월경이 없다. 밤에 잠들지 못한 지도 꼭 그쯤 되어 간다. 열대야에 잠이 달아나고, 미뤘던 일을 몰아서 하느라 안 자고, 이대로 잠들기에는 왠지 억울해서 눈 뜨고 버틴다. 동 틀 무렵이면 에메랄드색 유니폼을 입은 남자의 목소리가 떠오른다. 자주 밖에 나가서 걸으세요. 핵심은 뭘까. 밖에 나가는 것, 걷는 것, 자주 하는 것. 선택지는 세 개나 된다. 여하간 나는 마법에 걸린 사람처럼 산책에 나선다. 밤을 새워 멍한 얼굴은 모자로 가리고 빈속에 좋을 리 없는 차가운 커피를 빨아 마시며 늘 걷는 길로 향한다. 망원 초록길에서 출발해 한강을 따라가다가 서강대교에서 반환점을 맞이하는 경로다. 꼭대기에 '서강8경'이라고 커다랗게 써놓은 건물이 휘슬 역할을 한다.

서강8경, 어느 날엔 그곳의 정체를 파악하느라 하루를 다 썼다. 공식 홈페이지에 따르면 "마포구 상수동에 소재한 프렌치 코스 레스토랑"으로 "오랜 시간 변함없는 서강팔경의 철학을 담아 클래식하고 꼿꼿한 프렌치 요리를 제안"하는 곳이다. 인스타그램 '서울핫플레이스' 계정에 "여자친구 데려가면 100% 칭찬받는 #서울예

쁜레스토랑" 중 하나로 소개되기도 했다. SNS와 블로그를 검색하니 남의 여자친구 사진이 쉴 새 없이 나왔다. 아름다운 한강 뷰와 꽃과 케이크를 선물 받고 화사하게 웃는 여자들. 생일, 기념일, 프러포즈 등 특별한 날은 넘쳐났고 사진 속 인물들은 그 정도의 축하를 받을 자격이 있어 보였다. 식탁에는 세 팩에 만 원인 반찬 말고 "클래식하고 꼿꼿한 요리"가 놓였다. 앙증맞고 윤기가 흐르는 고급 오브제들. 내가 그 속에 담긴 철학을 깨달을 리 없다. 왜냐면 나는 메뉴판에 적힌 숫자를 보자마자 '저 돈이면 반찬을 육십 개나 살 수 있다'며 계산기를 두드리니까. 그러면 가게 사장님이 신나서 반찬 몇 팩을 공짜로 얹어줄지도 모른다고 진지하게 기대하니까.

　　때마침 뒤통수에서 심판이 등장한다. 귓전을 때리는 휘슬 소리. 서강8경에서 누릴 수 있는 모든 부드러움이 부럽고 궁금하지만 아닌 척하며 발걸음을 돌린다. 욕심이 불길처럼 번질까 봐 걷는 속도를 일부러 늦추고, 단정함을 타고난 사람인 양 같은 길을 왕복한다. 그렇게 나만큼이나 살살 다니는 노인들 속에서 아침을 보낸다. 어떤 세계에서는 서강8경조차 고급으로 분류되지 않을 테고 노인과 나에게는 집 밖에서 돈 없이 머무를 곳이 필요하다는 공통점이 있다.

절두산순교성지:

담배 9,000원

깜빠뉴 5,500원

이른 아침에 한강을 방문하면 게이트볼장을 점거한 할머니들의 혈기 왕성함에 약간 기가 죽는다. 그곳은 완전한 아마추어의 세계다. 프로다운 여유라고는 눈꼽만큼도 찾아보기 힘들고 할머니들은 촘촘한 긴장에 에워싸여 있다. 경기를 몇 차례 관전한 후, 게이트볼을 노년의 생활체육이나 소일거리로 여겼던 지난날을 반성했다. 그들은 엄중하게 스틱을 휘두르며 상대의 신경을 긁는 '디스전'도 마다하지 않는다. 평화를 거부한 자리에서 "디스 이즈 어 컴페티션!"이라고 온몸으로 외친다.

한편, 점심과 저녁 사이에 한강을 찾으

면 낭만파 할아버지들과 조우한다. 그들은 공원 한구석에서 허공의 허리를 감싸안고 홀로 지루박을 추거나 날씨와 조도에 관계없이 선글라스를 낀 채 색소폰을 분다. 어떤 이는 악보대까지 챙겨 와서 강변 풀숲에 개인 연습실을 차린다. 지루박 스텝에 맞춰 흐르는 노래도, 관악기에 가쁜 숨을 불어 넣으며 만드는 가락도 상투적이다. 여태 백 번 천 번 반복되었을 것 같은 소리, 하도 써서 반질반질한 몸의 모서리.

　　할머니들의 열전에 유희와 승부욕이 섞이듯 할아버지들의 무대에는 우월감과 부끄러움이 오락가락한다. 하루는 색소폰 듀오 옆에 뉴페이스가 나타났다. 진한 자주색 등산복에 연한 자주색 챙모자를 쓴 여자가 남자들 사이에 앉아 있었다. 세 사람 모두 선글라스를 끼고 진지한 얼굴로 악보대를 응시하더니 곧 연주를 시작했다. 여자는 노래를 불렀다. "아름다운 저 바다와 그리운 그 빛난 햇빛. 내 맘 속에 언제라도 떠날 때가 없도다." 여자가 없을 때는 두 남자가 그럭저럭 친해 보였는데, 셋이 나란히 앉아 있으니

다들 처음 만난 사이처럼 보였다. "돌아오라 이 곳을 잊지 말고. 돌아오라 소렌토로." 눈앞의 풍경을 소화하지 못해 걸음을 멈췄다. 그들 너머에 흐르는 강물과 웃자란 풀과 오늘따라 우렁찬 색소폰과 여자의 길게 뽑는 목소리와 내 발바닥에 찬 땀과 우리를 지나쳐 가는 러너들의 경쾌한 발짓이 뒤죽박죽 엉켜버렸다. 그 장면이야말로 조금 싱그러웠고 너무 비현실적이라 나도 모르게 눈을 질끈 감았다. 왠지 허기져서 집으로 돌아오는 길에 빵집에 들렀다. 푹신하고 싱거운 것으로 골랐다. 이것이 여름의 일이다.

잠두봉선착장:
탱크보이 1,800원

노을 질 무렵부터 밤이 그윽해질 때까지 한강은 연인들의 장소다. 사방에서 연인들이 태어나고 죽는 터라 나는 밤말 듣는 쥐가 되기 십상이다. 왜 하필 한강에서 고백하고 한강에서 입맞추고 한강에서 이별을 고할까. 강을 미빌 언덕으로 삼는지도 모른다. 흘러가고 지나가는 것에 의지해 타인과의 거리를 헤아리는 것이다. 당신에게로 흘러들어도 될까요. 이제 그만 서로를 지나치기로 해요. 눈에 불 밝히고 은밀한 곳을 찾아 헤매는 연인과 꺼진 불씨를 손에 쥐고 언제쯤 버릴지 눈치 보는 연인이 어깨를 스친다. 가을밤에는 우는 사람을 종종 본다. 분해서 울고 섭섭해서 울다가 결국 그리워 운다. 강보다 먼저 떠나버리는 사람이 있는가 하면, 누군가는 강이 떠난 다음에도 한참 자리를 뜨지 못한다. 강은 입이 무겁고 침착한데 아쉽게도 팔이 없다. 두 팔벌려 안아주지 못하니 우는 사람 입장에서는 위로가 성에 차지 않을 것이다. 나도 구태여 그들을 안아주지 않는다. 대신에 허리춤에 손을 올리고 그의 언니나 누나가 된 것처럼 바리케이드를 친다. 내 동생은 나만 울릴 수 있다는 기세로 그의 울음을 비밀리에 보관한다. 망을 보면서 한강에 얼마나 많은 실연이 떠다닐지 생각한다. 키스와 젊음과 슬픔이 침과 땀과 눈물로 액화해서 강물에 스며든다.

망원초록길광장:
와인 8,900원

원치 않는 열기와 점도에 시달리는 것이 여름이라면, 가을에는 영문 모르고 차이는 기분이 든다. 조금만 더 같이 놀자고 매달려도 소용없다. 가을은 야박할 정도로 짧고 아무리 붙잡아도 돌아오지 않는다. 장마까지 겹치면 이 계절의 지속 기간은 더욱더 단축된다. 색색이 물든 나뭇잎과 열매는 성가신 장애물이 되고 몸을 덮칠 듯 넘실대는 강은 바다만큼 위협적이다. 며칠간 비가 가차 없이 쏟아졌다. 애인을 버리는 애인처럼 사정을 봐주지 않더니 결국 한강공원 진입로를 막았다. 그곳을 찾았다가 입구에서 버티는 개를 봤다. 개는 눈앞에 놓인 안전띠를 모른 척하며 발을 뻗는다. 개를 데리고 나온 여자는 무릎을 꿇고 반말과 경어를 섞어가며 어르고 달랜다. 개는 고집을 피운다. 시무룩해 보이기도 한다. 울거나 화내지 않으려고 속으로 숫자를 셀 때 내 표정이 저렇지 않을까 싶다. 여기서 백 걸음만 더 가면 강물에 얼굴을 비춰볼 수 있을 텐데 나는 개가 아니라서 발 뻗는 시늉도 못한다. 안전띠 건너편에 얌전히 서서 저 멀리 출렁이는 강물과 가까운 곳에 나뒹구는 나뭇가지를 보다가 돌아선다.

희우정로20길:
와인 14,900원
무알콜맥주 16,200원

폭우는 잠을 방해한다. 세찬 빗소리에 귀가 울리고 천둥번개가 칠 때마다 창문이 흔들린다. 불면을 핑계로 술을 마시다가 너무 많이 마시나 싶어 겁이 난다. 인터넷으로 무알콜 맥주를 주문하고 나서 장화를 신는다. 대문 앞 배수구에 쌓인 흙과 오물을 정리하면 발목까지 찼던 물이 꼬르륵 소리 내며 내려간다. 그 장면을 직접 확인하려고 한 시간마다 밖에 나간다. 아침이라고 부를만한 시각에 비가 잦아든다. 보던 영화를 끄고 유튜브에 요가니드라를 검색한다. "입은 다물되 이가 서로 부딪히지 않도록 해주세요." 이는 부딪혔지만 익숙한 인트로에 편안해졌는데 그걸 한 시간쯤 듣고 있자니 바보 같다는 생각이 든다. 영상을 멈추고 아래 딸려 나온 맞춤 영상을 구경한다. '잠이 오지 않는 당신을 위한 자장가', '자는 동안 모든 것이 순조롭게 풀린다 수면 명상 가이드', '재생의 뇌파소리 2.0 Hz 델타파 회복 수면', '그의 마음을 끌어당겨 연락 오게 하는 주파수 수면 ver.'. 사람들은 잠에 지나치게 기대를 건다. 좋은 잠을 가지려 자장가와 명상은 물론이고, 듣도 보도 못한 델타파에 주파수까지 동원한다. 그렇다고 숙면에 만족하지도 않는다. 잠은 잠대로 챙기는 동시에 건강을 회복하고 앞날이 환해지기를, 급기야 타인의 마음마저 조종하기를 바란다.

　　잠들기 전에 실시간 뉴스도 봤다. 물에 잠긴 도로와 지하철 역사와 집과 자동차. 수재민으로 불렸던 적이 있다. 응암동 원룸텔 반지하에 살 때였다. 외출 중에 집주인에게 전화를 받았는데 다짜고짜 집 비밀번호를 알려 달라고 했다. 폭우로 길이 막히는 바람에 한 시간 거리를 세 시간이나 걸려서 돌아갔다. 골목에 몰려나온 사람들과 구급차를 보며 '망했다'고 중얼거렸다. 물은 흐르고 고이고 역류했다. 난장판이 된 방을 보고 한동안 아무것도 못 했다. 처음 보는 남자가 다가와서 정신 차리라고 다그쳤다. "나 옆집이에요. 빨리 짐 옮기고 물부터 퍼요!" 그와 마주치지 않으려 부단히도 애썼는데 그렇게 1년 6개월 만에 얼굴을 봤다. 집안이 노출될까 봐 문을 여닫을 때마다 신경 썼는데 갑자기 아무나 들어오는 곳이 됐다. 방에서 악취가 났다. 이불, 책, 옷, 편지, 컴퓨터, 인형, 약 모두 짐이 아닌 쓰레기가 됐다. 화장실 청소에 쓰던 대야로 물을 퍼내다가 친구에게 전화를 걸어 죽고 싶다고 했다. 뉴스를 보면서 그때로 돌아갔다. 물난리는 징그럽고 무섭다. 내 옆집 남자들은 하나같이 코를 곤다. 언제쯤 손에서 휴대폰을 내려놓았는지 기억나지 않는다.

수면의 질보다 문제인 건 자세다. 일단 빗소리도 수면 명상도 듣기 싫어 이불에 고개를 파묻는다. 자연스레 상체를 말게 되는데 답답해지면 다리만 빼서 선풍기 쪽으로 뻗는다. 허리에 무리를 주지만 욕구에 충실한 포즈 완성. 접합부가 고장 나는 사이, 위 아래는 각각 원하는 바를 달성한다. 서로 이어진 줄도, 길게 고생할 줄도 모르고. 그러거나 말거나 비는 계속 내린다. 나는 잘못 자고 잘 못 잔다. 회복과 재생, 밝은 미래와 간절한 사랑을 후순위로 미루고 배수구나 지켜본다. 나무젓가락으로 구멍을 후벼 작은 돌과 꽁초를 건져 올리면서 안도하고, 무알콜 맥주에 취한 채 허리를 두드린다. 가을이 짧아서 분하고 장마에 섭섭하다가 지난 봄에 만난 안마사가 그리워진다. 그를 찾아가서 전부 털어놓고 나 좀 살려달라고 하고 싶다. 하지만 '통증관리 62,000원'과 '순환관리 92,000원' 사이에서 무엇도 선택하지 못한다. 그냥 속으로 숫자를 센다. 백부터 영까지 빼고 또 빼는 동안 누군가 속삭인다. 어쩔 수가 없다며, 저기는 네가 들어갈 수 없는 곳이라며 어르고 달랜다. 그 말을 듣기 싫어서 얼굴만 가리고 벽으로 돌아눕는다. 이음새의 중요성을 모르는 척 다리를 내놓는다. 이것이 가을의 일이다.

<u>월드컵시장:</u>

<u>원두 12,000원</u>

<u>바게트 4,000원</u>

<u>전골 재료 7,000원</u>

<u>밤 8,000원</u>

<u>귤 3,000원</u>

시장에 갈 겸 동네 한 바퀴를 돌았다. 원두, 바게트, 밤, 귤, 두부, 청경채, 버섯까지 사고 나니 장바구니가 금세 뚱뚱해졌다. 십이월의 장보기 목록에는 계절이 섞여 들어온다. 가을빛을 띤 열매에 손이 가는 동시에 겨울의 낌새를 맡고 메뉴를 정한다. 가을을 충분히 맛보지 못했다는 아쉬움과 겨울을 대비하려는 엄살이 공존해서다. 올망졸망한 밤과 귤, 전골에 넣을 식재료를 이고 지며 걷는다. 푸짐한 장바구니가 무색하게 정작 집에 돌아와서 먹은 것은 라면. 빈속에 걸은 탓인지 밥을 할 기운이 없었다. 쫓기는 사람처럼 후루룩 끓여 먹고 후다닥 설거지했다. 물이 금방 식고 마르는 계절이다.

겨울이 깊어질수록 불안해진다. 누구한

테 붙잡혀 끌려갈 만큼 잘못한 일도 없는데 괜히 제 발 저린다. 어릴 적부터 그랬다. 산타 할아버지는 나를 건너뛰고 망태기 할아버지는 나를 잡아가겠지! 얼토당토않은 결론을 뒤집으려고 착하게 굴어 봤자 실수만 연발한다. 나이 들수록 덜하긴 해도 그런 밑도 끝도 없는 공포를 마주하면 여전히 당황스럽다. 지난 계절에 늘어놓은 원망과 불평이 벌로 돌아오는 듯하다. 발각되고 탄로 나고 실망을 안기고 엉망진창이 되다가 모조리 끝장나는 상황을 상상한다. 누구나 그러고 산다고, 가진 것이 많은 사람은 훨씬 격렬하게 불안을 치를지도 모른다고 생각하는 건 별 도움이 되지 않는다. 차라리 합의를 보는 편이 낫다. 맥락 없는 두려움에 휩싸이면 "결국 나 때문에 다 망쳐버릴 거야"라거나 "아무도 모르는 곳에서 새로 시작하고 싶어"처럼 자의식 과잉의 대사를 중얼거리게 되는데, 그냥 그쯤에서 '방금 좀 과했지?'라며 시동을 끄는 것이다. 스스로 죄를 사할 수 없으니 여기까지만 하자고 다짐한다.

성산근린공원:

핸드드립 커피 5,500원

마들렌 2,500원

창문 틈으로 깨끗하고 찬 공기가 밀려드는 아침, 일하기 전에 노라 존스의 타이니 데스크 콘서트 영상을 재생한다. 그는 줄무늬가 들어간 흰색 원피스를 입고 피아노 앞에 앉아 있다. 털실로 짠 모자를 쓰고 귀에는 크고 반짝이는 링 귀걸이를 달았다. 등 너머 벽에서는 옥색에 가까운 에메랄드 빛이 감돈다. "She walks, she runs, she fights, almost as one." 노라 존스는 조용하고 진지하다. 울적한 분위기는 아니다. <마이 블루베리 나이츠>(왕가위, 2008)의 엘리자베스에 비하면 한결 담백하고 느릴 뿐이다. 그 후로 십오 년이 흘렀고 이제 노라 존스는 사랑의 소용돌이를 빠져나와 노래한다. 유혹하거나 정답을 구하려는 의도 없이 고요한 음성으로. 내가 말하기도 전에 아픈 부위를 짚어내던 안마사처럼 능숙하게. "I sing my songs, I hope someone sings along." 연주 내내 조금씩 흘러내리던 털모자가 어깨로

톡 떨어진다. "I care a lot"과 "I know the things I'm not"이라는 가사 사이에 노라 존스는 살짝 웃으며 모자를 받아 든다. 구불구불한 머리카락이 드러나고 노래가 끝난다. 'I'm alive'의 여음 속에서 그는 수줍게 말한다. 결국엔 떨어졌네요. 계속 써볼게요. 그리고 다음 곡을 부른다.

해가 떨어지기 전에 집을 나가서 성산에 오른다. 동네 뒷산이라고 칭할 만한 곳이 있으니 좋다. 오전 7시쯤 그곳 전망대에서 나이 든 여자들 열댓 명이 모여 에어로빅한다는 소문을 들었다. 한 번 가볼까 싶다. 공원 방향으로 내려와 걸어가는데 새로 생긴 카페가 보인다. 올리브그린색의 차양막과 카페 내부를 밝히는 주홍빛 전등에 마음이 동해서 들어가 본다. 테마 커피라고 꾸린 메뉴 이름이 재밌다. 만델링에 붙은 이름은 무려 '전투력을 키워주는 커피'. '마음이 편해지는 커피'와 '꽃처럼 향기로운 커피'도 있지만 역시 전투력 상승에 제일 끌린다.

서강나루터:

붕어빵 3,000원
시집 12,000원

강은 어느새 폭우의 흔적을 말끔히 지웠다. 오랜만에 그곳을 건너면서 미워하는 풍경 대신에 좋아하는 풍경을 하나둘씩 꼽아 봤다. 일상을 좀 더 풍요롭게 채워주던 장면. 이를테면 가는 버스와 오는 버스가 스칠 때 손 인사를 나누는 기사들, 횡단보도에서 신호 기다리며 뒤꿈치를 들었다 놓았다 하는 아주머니들, 다른 방향으로 걸어가면서도 목을 빼고 눈 맞춤하는 연인들, 모자부터 신발까지 채도 다른 분홍색으로 단장한 니이 지긋한 여자들, 같은 구간에서 웃고 울다가 영화가 끝나면 조용히 흩어지는 관객들, 산책 중인 개에게 다가가 제 이름을 일러주는 어린이들, 갓 나온 두부를 먹어 보라고 권하는 시장 상인들, 공연이 종료되면 골목에 삼삼오오 모이는 흡연자들, 길을 걷다가 멈춰서 동그란 입김을 내뿜던 친구들. 그곳에 피어오르던 연기 같은 웃음과 웃음 같은 연기들까지. 수많은 '들'이 모여 복수의 세계를 구성한다. 나 혼자서는 만들 수 없는 풍경들만 좋아해서 조금 서럽게 안심한다.

어쩌면 겨울에 주목할 것은 우울과 불안이 아니라 걱정인지도 모르겠다. 추위를 핑계로 산책을 줄이다 보니 못 보고 사는 이들이 늘어난다. 망원역 롯데리아에 커피 한 잔 시켜놓고 하염없이 앉아 있던 노인들과 벤치에 책가방을 아무렇게나 던져두고 놀이터로 뛰어들던 아이들은 지금 뭐 할까. 시아버지 때문에 숨이 막혀서 딱 한 시간만 체육관에 나와 운동장을 돌다던 아주머니는 어떻게 스트레스를 풀고 있을까. 아이를 어린이집에 보내고 나서 채 반나절도 안 되는 '자유 시간'에 글을 쓴다던 감독님은 요새 어떤 꿈을 꿀까. 그러면 나는 뭘 하고, 어떻게 기분을 풀고, 무슨 희망에 차서 겨울을 살고 있는 걸까. 노라 존스의 털모자가 된 것 같다. "I care a lot"과 "I know the things I'm not" 사이에 잠시 떨어진.

손발이 시려서 양화대교까지만 걸으려다가 지난 계절 안전띠 앞에서 풀 죽어 있던 개가 떠올라 그대로 직진한다. 멀리서 빛나는 네온

사인. 서강8경의 8은 오늘따라 눈사람처럼 보인다. 언젠가 눈이 펑펑 내리는 날에 저곳으로 올라가서 식사해야겠다. 그날은 아무 날도 아니어서 처음이자 마지막인 서강8경 기념일이 된다. 내게 어울리지 않는 철학과 양식을 선물하며 육십 가지 반찬을 아까워하지 않을 수 있을까. 제발 저린 기분을 내심 즐겨볼 수도 있을까. 그때까지는, 그때가 지난 다음에도 자주 밖에 나가서 걷기로 한다. 오늘은 올해 첫 붕어빵을 사 먹으며 만족한다. 집 근처 서점에 들러 시집도 고른다. 늦여름에 나온 시집을 이제 만지고 있으니 옛 편지를 발견한 기분이다. 휙휙 넘겨 보다가 이런 시구를 읽는다. "너는 얼마나 멀리 날아갈까 / 네 몫의 아름다움으로부터"[1] 이것이 겨울의 일이다.

　　곧 새해다. 모든 소란을 무지개라고 바꿔 적는다. 보고 끝.

1 진은영, 『나는 오래된 거리처럼 너를 사랑하고』, p.59

Ⓒinema Ⓐnd Ⓣheater

Ⓒ 〈마이 블루베리 나이츠〉 (2008)
감독: 왕가위
출연: 주드 로, 노라 존스, 나탈리 포트만

사랑에 빠진 게 죄는 아니잖아!

영화 기자는 주로 질문자 역할을 맡는다. 궁금하면 들여다보고 모르면 물어본다. 좋은 질문을 구하는 일이 어렵긴 해도, 호기심을 잃지 않는 한 일의 즐거움은 유지될 것이다. 하지만 기자도 때론 질문이 아닌 답변을 마련하느라 고심한다. 내가 가장 많이 듣는 질문은 "요즘 뭐가 재밌어요?"다. "올해 누가 괜찮아?", "그분 신작 어때요?" 등 다양한 문장으로 변용되는 이 질문의 목적은 크게 둘로 나뉘는 듯하다. 첫째는 기자와 관객이 공유하는 감상을 전해 들으며 최근 업계 분위기를 파악하려는 것이다. 극장에 걸린 영화 중 무엇이 유의미한 성적표를 받을까? 올해 영화제를 찾은 감독이나 배우 가운데 눈여겨볼 신인은 누구인가? 그 감독은 여태 망설이고 있나 아니면 이번에야말로 보란 듯이 해냈나? 상대가 툭하고 내민 질문을 풀어보면 그런 속삭임이 들린다. 한편, 두 번째 목적에는 별다른 꿍꿍이가 없다. 말 그대로 볼만한 영화를 추천받기 위함이다. 영화, 드라마, OTT 시리즈, 각종 숏폼까지 사방에서 콘텐츠가 쏟아지는데 시간은 한

정적이다. 시행착오를 줄이고 싶은 이들은 자연스레 타인의 반응을 참고한다.

목적이 둘 중 무엇이든 질문의 전제는 동일하다. 기자는 영화를 일찍, 많이, 자세히 본다는 믿음. 그게 없다면 기자가 내놓은 답변에 귀 기울일 이유도 없다. 요즘 뭘 재밌게 봤냐는 질문을 듣는 순간, 반가움이 앞선다. 나의 전문성을 인정한다는, 영화 안과 밖을 바라보는 내 시선에 관심이 있다는 뜻이니까. 그 정도는 아니라고 하더라도 일단 호감에 기반한 질문이다. 멀리하고 싶은 사람에게 어떤 영화를 좋아하는지 묻지는 않을 테니 말이다. 믿음과 호감을 마주한 답변자로서 나는 기대에 부응해야겠다고 다짐한다. 정말 재밌게 본 영화를 소개하고 그 이유를 유창하게 설명하고 싶어진다. 높은 확률로 그때 삐끗한다. 반가움은 이내 조바심으로 치닫고, 최근에 봤던 영화들이 무작위로 눈앞에 스쳐 지나간다. 혹은 반대로, 방금 본 영화 제목조차 떠오르지 않는다. 저장된 것이 너무 많거나 전혀 없는 머릿속을 원망하며 허둥지둥하는 사이, 대화는 종료되고 질문자는 저만치 떠난다.

　　어쩌면 질문을 탓할 문제인지도 모른다. 재미는 주관적이다. 나는 그 영화에 감탄했으나 누군가는 실망을 금치 못했을 수 있다. '이런 영화를 추천하다니 저 사람 안목도 알 만하군!' 하며 나를 향한 믿음과 호감을 철회할 가능성도 얼마든지 있는 것이다. 더 솔직히 말하면 '재미'라는 기준 앞에서 종종 움츠러든다. 영화 보는 감각이 무뎌지지 않도록 주의하지만 심드렁한 얼굴로 스크린과 모니터를 바라보는 날도 잦다. 남들보다 일찍, 많이, 자세히 보려다가 정작 무엇도 느끼지 못한 채 돌아서는 것이다. 이전에는 어떤 영화를 보고 너무 재밌어서 글을 썼는데, 기자라는 직함을 얻은 다음부터는 글을 써야 해서 영화를 보는 경우가 곱절로 많다. 당연히 재미없는 영화를 만나기도 한다. 영화 보는 일이 노동의 영역에 포함된 이상 지겨움과 버거움도 응당 따른다. 하지만 감탄과 실망 사이를 왕복하며 많고 많은 영화 속에서 허우적대다 보면, 나도 모르게 중얼거리는 순간을 맞이한다. 너를 발견해서 기쁘다. 애써 도착한 너에게 고맙다. 그건 결국 재밌다는 말이나 다름없다.

　　예나 지금이나 내가 좋아하는 영화들은 대개 독립예술영화로 분류된다. 프리랜서로 일하면서 꾸준히 글을 기고한 영화 웹진 『RE-VERSE』도 독립예술영화에 초점을 맞추는 잡지다. 『REVERSE』를 통해 이민지 배우와 인터뷰할 기회가 생겼을 때, '성덕'이 됐다는 환희에 차서 심장이 두근두근했다. 우리는 <불어라 검풍아>(조바른, 2021) 개봉 시기에 맞춰 만났지만, 내가 그에게 묻고 싶은 영화는 그것뿐만이 아니었다. 영화제를 기웃거리기 시작했던 20대 초반에 이민지라는 이름과 얼굴을 처음 익혔다. 고등학교 교복을 입고 등장한 데뷔작 <이십일세기 십구세>(최아름, 2009)부터 그는 남달랐다. 싱거우리만치 말간 인상은 영화에 이물감 없이 스며들었다가 끝내 엉뚱한 잔상을 남기고 사라졌다. 다행히 그날 이후 이민지는 매해 신작을 들고 나타났다. <짐승의 끝>(조성희, 2010)에서는 악몽 같은 하루를 온몸이 부서져라 돌파하는 임산부였고, <애드벌룬>(이우정, 2011)에서는 입안에 밥을 욱여넣는 단발머리 여자애였다. <세이프>(문병곤, 2013)에서 살해 위협에 쫓기는 불법환전소 직원을 실감 나게 연기하더니, <꿈의 제인>(조현훈, 2016)에서는 마음 둘 곳을 찾아 거리를 헤매는 가출 청소년이 됐다.

이민지는 나를 몰랐지만 나는 이민지와 함께 나이를 먹는 기분이었다. 그가 지었던 여러 가지 표정을 거울 속에서 봤고, 도망치듯 들어갔던 극장에서 입술 꾹 다물고 버티는 그를 구경했다. 이민지가 영화 속에서 변변한 무기도 없이 복잡하고 어지러운 세계와 맞서는 동안, 나는 학교를 졸업하고 영화 일에 뛰어들었다. 돌이켜보면 당시 내게 독립영화란 나와 내 친구의 얼굴을 보여주는, 신기하고 드문 공간이었다. 그곳에선 우리가 했던 거짓말이 대사로 쓰였고 우리를 불안에 떨게 했던 소문이 사건을 낳았다. 경험했거나 경험할 뻔한 것을 한 편의 영화로 마주하는 순간, 조금 덜 외로워졌다. 독립영화는 내게 비밀을 누설하는 존재였다. 세상이 감추는 이야기를 들려주며 어른들의 가르침에 깃든 모순을 꼬집었다. 매끄럽게 깎은 앞면을 뒤집어서 울퉁불퉁하고 모난 이면을 굳이 더듬는 영화들. 그 속에 둘러싸이면 누군가와 보이지 않는 선으로 연결된 듯했다. 혼자가 아니었다. 나만 그런 것이 아니었다. 내가 살아가는 곳이 영 믿음직스럽지 못해서, 곳곳에 구멍이 뚫려 있어서 도리어 정이 갔다.

　　내가 보기에 독립영화는 눈치가 없는 편이다. 세련되게 돌려 말하지 못하고 타협할 줄도 모른다. 사회화가 덜 된 사람처럼 폭력과 실패, 좌절 같은 부정적 사건을 탄로하며 분위기를 싸하게 만들기도 한다. 아프면 아프다고, 불편하면 불편하다고 소리친다. 달리 말하면, 독립영화는 비교적 눈치를 안 볼 수 있다. 애초에 거대한 투자금을 끌어안지 않으니 흥행에 덜 예민하고, 자본 규모가 적은 만큼 재량껏 움직일 여지가 많다. 흔히 독립영화를 사회적 이슈에만 몰두한다고 여기는데, 실은 세태에 반응하는 속도가 빠르다고 이해하는 것이 적절하다. 최소한의 제작비로 프로덕션을 운영하기에, 상업영화와 비교하면 영화 만드는 시간을 단축할 수밖에 없다. 그러한 과정에서 창작자의 시야에 들어온 일상적 풍경과 고민이 자연스레 영화로 삽입된다. 학창 시절은 하이틴 드라마처럼 풋풋하지만은 않고 연애는 애틋하면서도 지질하다. 성희롱을 고발한 직원은 회사에서 쫓겨나고 현장실습을 나간 학생이 집에 돌아오지 못한다. 독립영화는 그런 요즘 세상 이야기로 늘 술렁술렁한다.

누군가는 독립영화와 상업영화 사이에 명백한 경계선을 긋고, '진짜' 영화를 만들기 위해 건너는 징검돌로 독립영화를 받아들인다. 온전히 동의하기는 어렵다. 내가 10대와 20대에 독립영화를 보며 접했던 이름을 여전히 이곳에서 대면한다. 이민지와 비슷한 시기에 데뷔한 이상희는 넷플릭스 영화 <로기완>(김희진, 2024)에 출연하는 동시에, 단편영화 <자르고 붙이기>(김효준, 2023)로 영화제를 찾는다. <셔틀콕>(이유빈, 2013)으로 제39회 서울독립영화제에서 독립스타상을 차지했던 이주승은 이제 연기뿐만 아

니라 연출을 겸하며, 최근 <나 혼자 산다>(MBC)
<줄 서는 식당2>(tvN) 등 방송 프로그램에서도
활약하는 중이다.

　　배우가 영화, 연극, 드라마, 예능 등 매체
를 넘나들듯 감독도 때에 따라 거처를 옮긴다. <한
여름의 판타지아>(2015)를 만든 장건재 감독은
<바람아 안개를 걷어가다오>(신동민, 2021)의
총괄 프로듀서를 맡았고, 하마구치 류스케 감
독의 책 『카메라 앞에서 연기한다는 것』(모쿠
슈라, 2022)을 출간하기도 했다. 그는 티빙 오
리지널 시리즈 <괴이>(2022)를 연출한 후, <5
시부터 7시까지의 주희>(2023)와 <한국이 싫어
서>(2024)를 나란히 완성했다. <최악의 하루>
(2016), <더 테이블>(2017) 등 자신만의 색이 짙
은 영화를 만들어 온 김종관 감독은 <조제, 호랑
이 그리고 물고기들>(이누도 잇신, 2004)을 리
메이크한 <조제>(2020)를 선보였다. 배우와의
협업에서 큰 매력을 발휘하는 그는 얼마 후 연
우진, 아이유, 이주영 등과 함께 작업한 <아무도
없는 곳>(2021)을 연달아 공개하며 화제를 모으

기도 했다.

　　그러니까 누군가는 독립영화와 상업영화를 동시에 만들고, 장편을 내놓은 후에도 단편을 제작한다. 중요한 것은 그 영화에 맞는 가장 적절한 형식을 찾아내는 일이다. 돈이 부족해서 발생하는 제약을 허들로 여기는 대신에, 새로운 아이디어를 길어 올리는 우물처럼 활용하는 창작자도 있다. 설령 독립영화를 상업영화의 예비 단계이자 포트폴리오로 취급한다고 해도 억지로 만들 리는 없다. 어쨌든 지금 하고 싶은 영화를 지금 하고 싶은 대로, 할 수 있는 만큼 만드는 것이다. 사이즈가 크든 작든 관객은 그 모두를 '영화'로 인식할 뿐이고, 창작자는 각기 다른 전략으로 대결한다. 나는 독립영화의 눈치 없음을 좋아한다기보다 눈치 없는 영화를 좋아하는 쪽이다. 눈치가 없는 것도 모자라 염치까지 없다 싶을 만큼 뻔뻔한 영화를 만나면 흥미가 돈다. 그렇게 앞뒤 안 재고 부딪쳐 오는 영화 앞에선 잠시 나를 놓치게 되기 때문이다. 깜빡 잠들어 꿈을 꾸는 것 같기도 하다. 나에 대한 통제

권을 잃고 영화에 휩쓸려 가기. 낯선 곳으로 이동해서 새로운 풍경을 눈에 담기. 그게 재밌어서 영화를 본다.

영화들 덕분에 기대하며 기다리는 법을 배웠다. 다음에 뭐가 나올지 몰라서 불안한 것이 아니라, 다음이 존재한다는 걸 알아서 설렌다. 나는 푹신한 극장 의자에 등을 파묻고 있다가 갑자기 물 위를 헤엄치는가 하면, 잠이 덜 깬 얼굴로 오래된 골목의 모퉁이를 돌기도 한다. 언제까지 이 재미를 느낄 수 있을지 모르겠지만, 내일 볼 영화가 과연 나를 어디로 데려갈지 궁금하다. 그러니 저만치 멀어진 질문자에게 달려가서 조바심을 가라앉히고 말해야겠다. "아까 말예요, 저한테 요즘 재밌게 본 영화가 뭐냐고 물으셨죠?" 재미는 천차만별이고, 사람이 그러하듯 영화도 약점 없는 것을 찾기란 힘들다. 근사하지만 답답하게 구는 영화와 천박한데 활기찬 영화 모두 재미를 준다. 어떤 영화는 재료 준비에서 이미 승기를 잡고 또 어떤 영화는 요리 실력으로 고득점을 쟁취하고야 만다. 이거는 이래서 좋았고 저거는 저래서 좋았다고 떠드는 내 모습을 보니 꼭 바람을 피우다 들킨 사람 같다. 설명도 변명도 유창하지는 않겠지만, 사랑에 빠진 게 죄는 아니잖아. 오늘은 눈치도 없이 그 대사를 외쳐 본다.

Ⓒinema Ⓐnd Ⓣheater

Ⓒ 〈불어라 검풍아〉 (2021)
감독: 조바른
출연: 안지혜, 이민지, 박태산, 조선기, 이세호

아침 청소, 밤 영화

낙엽을 다 쓸어버려야 봄이 온다는 사실을 그전까지는 몰랐다. 털갈이하는 짐승처럼 나무는 마른 잎과 가지를 연신 흘리고 떨어뜨렸다. 맥없는 바람에도 우수수 내려앉더니 비가 오는 날에는 한층 볼썽사납게 굴었다. 자동차 바퀴에 짓이겨지고 신발 굽에 뭉개진 낙엽은 몇 번을 쓸어도 제자리에 달라붙어 있었다. 빗자루를 쥔 손에 힘이 들어갈 때마다 아스팔트 도로와 주차장은 더 더러워지기만 했다. 겨우내 그것들을 간신히 물리치고 났더니 같은 자리에 꽃이 떨어지기 시작했다. 쓰레받기에 담기는 꽃잎을 보며 시간 가는 것을 알았다. 맨 먼저 목련, 다음은 벚꽃, 조금 지나서 라일락, 며칠 안 되어 철쭉, 끝에는 장미. 봄은 그런 순서로 무르익었다. 검붉은 장미 잎을 긁어낼 무렵에는 출근하자마자 겨드랑이부터 허리춤까지 땀에 푹 젖었다. 끈적이는 목덜미를 끈적이는 손수건으로 닦고 모자를 눌러썼다.

코로나19가 그토록 장기화될 줄은 예상하지 못했으나 위기는 일찌감치 닥쳤다. 2020년의 첫 달을 보내며 마음이 조급해졌다. 당장 다음 달 월세와 생활비를 제하고 나면 수중에 남는 돈이 얼마 없었다. 프리랜서로 하는 일을 관두고 싶지 않았지만 넋 놓고 바라볼 상황도 아니었다. 아르바이트를 구할 때 조건은 세 가지였다. 우선 오전이나 늦은 저녁 시간을 활용하고 싶었다. 인터뷰와 시사회 일정을 고려하면 오후는 비워두어야 했다. 풀타임 근무가 불가능하니 노동 강도가 세더라도 시급을 많이 쳐주는 곳이길 바랐다. 거기에 걸어서 출퇴근이 가능하다면 더할 나위 없었다. 모든 조건에 부합하는 일자리는 드물었다. 그나마 괜찮다 싶으면 성별과 나이 제한에 걸려 시도조차 할 수 없는 자리가 대부분이었다. 구직 사이트에서 청소 일을 발견했을 때는 망설일 이유도, 여유도 없었다. 당시 최저 시급은 8,590원이었는데 그곳에서는 9,500원을 주겠다고 했다.

2020년 1월 중순부터 8월까지 서울 마포구 곳곳을 청소했다. 주 5일 출근했고 오전 5시 혹은 6시부터 일을 시작해서 11시에 마쳤다. 근무지는 가정집, 사무실, 고시원, 미용실, 아파트, 학원, 상가 건물에 이르기까지 다양했다. 방수 셔츠에 등산 바지를 챙겨 입고 3M 장갑을 낀 내 모습이 어색했지만, 거울을 보며 감상에 빠질 겨를은 없었다. 시간이 곧 돈이었기에 사장은 어딜 가나 "빨리빨리"를 외쳐댔다. 유선 청소기, 대걸레, 손걸레, 마른행주, 수세미, 빗자루, 쓰레받기, 양동이, 쓰레기봉투, 세제 등 온갖 청소 도구로 미어터지는 사장의 스타렉스를 타고 하루 평균 예닐곱 군데를 돌아다녔다. 근무지가 달라져도 하는 일은 비슷했다. 일단 실내 공간에서 청소기를 돌리고 대걸레질한 후, 화장실을 물청소한다. 밖에 나가서 계단과 주차장을 쓸고 닦는다. 쓰레기를 모아서 차에 싣고 나면 다음 장소로 넘어가 같은 일을 반복한다. 청결만큼, 때로는 청결보다 시간 단축이 중요했다. 물론 복도에 머리카락이 굴러다니거나 유리문에 지문이 남았을 경우 사장에게 혼이 났다. 하지만 더러움만큼이나 눈에 띄지 말아야 할 것은 사장과 나였다.

　　대부분 해당 건물의 직원들이 출근하기

전에 청소를 끝내야 했다. 재촉하는 소리를 들으며 이리 뛰고 저리 뛰다가 9시 이후에는 오피스텔과 고시원 등 주거지로 갔다. 사람이 얼추 빠진 곳에서 다시 이리 뛰고 저리 뛰며 누군가의 쓰레기통을 비우고 대소변 자국을 지웠다. 첫 달에는 피로가 상당했다. 아침을 청소 일로 보내고 귀가하면 손가락 하나도 까딱하기 싫은 상태가 됐다. 허리가 시큰했고 입맛도 없었다. 너무 피곤한 나머지 잠도 안 왔다. 생활 패턴이 크게 바뀌었다. 본래 새벽 네 시쯤 잤는데 이제 그 시간이면 일어나서 출근 준비해야 했다. 그래도 석 달째 접어들자 몸도 적응하고 요령도 좀 생겼다. '아침 청소, 밤 영화' 패턴이 만들어진 것도 그때부터였다. 주경야독 같은 멋진 모습은 아니었다. 나와의 약속을 번번이 어겼고 공부도 게을리했다. 가끔은 지쳤다는 핑계로 대낮부터 맥주를 마시기도 했다. 무슨 자양강장제라도 된다는 듯이. 다만, 취기에 낮잠을 자든 엉뚱한 데 한눈팔려 시간을 낭비하든 아침이 밝아오기 전까지 영화는 한 편씩 봤다. 어떻게든 한 줄이라도 써보려고 했다. '갓생'을 꿈꾸지는 않았다. 그저 청소하는 대여섯 시간이 하루 전체를 쥐고 흔들지는 않기를 바랐다.

청소 일 시작하면서 <소공녀>(전고운, 2018)의 미소(이솜)를 떠올렸다. 왜 아니겠는가. 당분간 미소처럼 살아보자고 생각하면 위안이 됐다. 새로운 일에 도전하는 것도 나쁘지 않을 거야. 앞날이 불투명하다는 이유로 내 욕구와 방향을 몽땅 놓아버리지는 않을 거야. 청소 일을 직접 해본 후에 미소를 다시 마주하니 감탄이 절로 나왔다. 미소는 전동 드릴에 솔을 끼워서 욕조를 닦는 프로였다. 청소 도구를 가지런히 보관해 둔 공구 벨트에서는 전문가다운 늠름함마저 묻어났다. 무엇보다 미소는 아무렇지 않아 보였다. 태연한 얼굴로 할 일을 해내며 일당 45,000원을 만족스럽게 손에 쥐었다. 나는 그러지 못했다. 생계가 막막해서 뛰어들긴 했지만 건물주가 "젊은 아가씨가 왜 이런 일을 해?"라고 물을 때마다 도망치고 싶었다. (대체 무엇이 나를 건드린 걸까? 1. 젊은 아가씨라고 불려서 짜증이 남

2. '이런 일'에 깔린 은근한 멸시가 언짢음 3. 상대가 건물주라서 그냥 싫음) 우연히 아는 사람과 마주칠까 봐 항상 고개를 푹 숙이고 다녔다. 자신을 고용한 친구에게 "혹시 집에 남는 쌀 있어? 나 쌀이 떨어져서"라며 구김 없이 웃는 미소가 신기했다.

나는 곤궁한 처지를 최대한 숨겼다. 집에 돌아오면 오래 씻었다. 여름이 다가올수록 죽고 버려진 것은 빠르게 썩어 갔고, 그 속에서 뒹굴다 온 내 몸은 하나의 거대한 오물이나 마찬가지였다. 심지어 움직이는! 샤워하고 나선 진이 빠져서 한동안 누워 있다가 겨우 책상으로 갔다. 분풀이하듯 엘렌 그리모가 연주하는 모차르트 피아노 협주곡을 듣고, 사체도 악취도 없는 스탠드 조명 아래에서 저린 손목을 주무르며 영화를 봤다. 이따금 인터뷰하러 나가거나 글을 썼다. 그리고 알람이 울리면 어제 빨아서 널어둔 3M 장갑을 챙겨 문을 나섰다. 소화가 안 됐다. 분명히 몸은 그렇게 움직이는데 현실로 받아들이지는 못했다. 새벽부터 남의 변기 열두 개를 닦고

와서 영화를 본다는 것이, 쓰레기 더미에 뒤엉킨 구더기와 죽은 새들을 보며 구역질하다가 애정과 용기와 기억 같은 단어를 입안에 넣고 곱씹는다는 것이 어딘가 비현실적이었다. 둘 중 무엇의 손을 잡아야 하는지, 어느 선에서 그래야 하는지 판단하기가 어려웠다.

미소는 타협했다. 새해가 시작되고 일당을 제외한 나머지 – 집세, 담뱃값, 위스키 가격 등 – 가 전부 오른다. 사랑해 마지않는 위스키와 담배 중 하나는 무조건 포기해야 하는 상황인데, 미소는 가계부를 노려보던 끝에 별안간 짐을 싸서 셋집을 나온다. 고정 주거지를 포기한 것이다. 이후 미소는 친구들을 찾아간다. 대학 시절 밴드를 함께했던 다섯 명을 차례로 방문하는 여정은 생각보다 짧게 끝난다. 친구들은 집 없이 떠도는 미소를 너그럽게 봐줄 정도로 여유롭지 않다. "너 여전하네"라는 말은 칭찬보다 타박에 가깝고, 돌려 말할 줄 모르는 누군가는 "넌 가정이 없으니 모르겠지. 혼자만 살아봤으니까"라며 변치 않는 미소를 질책한다. 그러면 미소는 옛

사진에 짤막한 메모를 남기고 다시 어딘가로 떠난다. 미소가 타협한 이유는 지키기 위해서였다. 무엇을? 사랑을, 또 존엄을. 미소의 변치 않음이란 성장에 등을 돌린 채 한곳에만 머무르려는 게으름 혹은 미성숙이 아니라, 자신만의 가치를 보존하려는 고집과 노력을 뜻한다.

위스키와 담배는 미소에게 단순한 기호식품이 아니라 취향 어린 안식처다. '개취'와 '취존'이 유행처럼 휩쓸고 간 자리에서 취향이라는 말에 실린 무게는 점점 가벼워진다. 누구나 하나쯤 지닌 것이니 특별하지도 않고, 알아서 챙기면 그만이라고 여긴다. 하지만 취향은 나름 힘을 가진다. 취향이 있다는 건 기준이 있다는 뜻이고, 좋고 싫음을 구분할 수 있는 사람에게는 누가 뭐래도 원하는 것과 절대로 용납할 수 없는 것도 생기기 마련이다. 부드럽고 진한 위스키 한 모금은 미소가 감당하는 사치인 동시에, 미소를 미소답게 하는 사랑이다. 지키고 싶은 취향이 존재하기에 미소는 주눅 들지 않고 걸어 나간다. 존엄이 훼손되지 않도록 삶을 애써 가꾸며, 때로는 길에서 만난 낯선 이에게 티 없는 위로를 건네기도 한다. 그제야 내 우선순위를 자문하게 됐다. 나는 무얼 포기할 수 없는지, 무얼 구태여 지킬 만큼 사랑하는지.

내가 청소 일을 다닐 때 감독 A는 대리운전을 뛰었다. 배우 B와 C는 각각 카페와 물류센터에서 일했다. 평론가 D처럼 부모 눈치를 보며 도움 받은 이도 있으나 마케터 E처럼 부모까지 부양해야 했던 이도 있다. 상황은 모두에게 고약하고 침울했다. 언제 할 수 있을지 모르는 영화 일을 하기 위해 영화 일 빼고 다하는 시간이었다. 돈이 안 되는 일을 하려고 돈을 벌면서 다들 조금씩 헤맸다. 청소 일은 장점이 뚜렷했다. 적어도 세상에 해를 끼치는 일은 아니었고 따지고 보면 세상을 좀 더 낫게 만드는 일이었다. 누군가는 해야 할 일이니 쓸모 있는 것이기도 했다. 돌이켜보면 다행이었다. 일하면서 더 나은 글을 썼는지는 모르겠지만 매달 통장에 꽂히는 금액 덕분에 뭐라도 계속 쓸 수 있었으니까. 산뜻한 마음가짐을 유지하지 못했던 것은 내 착오였다.

내 우선순위를 나조차 정확히 몰라서, 사랑이 아닌 욕심으로 우선순위를 정렬하는 바람에 갈피를 잡지 못하고 흔들렸다. 내 선택이라고 말하면서 속으로는 남의 시선에 전전긍긍했고, 그럴수록 더 많이 원했다. 자연스레 미움이 늘었다. 가질 수 없는 모든 것을 흘겨봤다.

　　　예상치 못한 순간에 기습한 사랑을 계기로 그 비현실적인 기분을 떨쳐냈다. 처음 만난 날, 사장은 두 가지 질문을 던졌다. 결혼했어요? 교회 다녀요? 조심스러운 기색은 없었다. 인사조차 제대로 나누지 않고 다짜고짜 내뱉은 질문에 갑갑해졌지만 마스크로 표정을 감춘 채 답했다. 연이은 부정에 사장은 진심으로 안타깝다는 듯 미간을 찌푸렸다. 결혼도 신앙도 그에게는 생활이어서 대화에는 남편과 하느님이 종종 끼어들었다. 나는 애매하게 웃어 보이며 맞장구치기를 거부하는 정도에 그쳤고, 사장은 그때마다 어깨를 으쓱이며 라디오 볼륨을 키웠다. 일하는 내내 스타렉스의 라디오 채널은 극동방송에 고정되어 있었다. 마이크를 쥔 목회자들은 바이러스가 창궐하는 지금이야말로 교회의 중요성을 가슴 깊이 새길 때라고, 아내가 남편 기를 살리고 가장의 권위를 인정해야 집안에 평안이 깃든다고 강조했다. 그러다 그날은 끝내 대한민국을 뒤흔드는 포괄적 차별금지법에 결사반대한다고 부르짖었다.

　　눈앞에 얼굴들이 나타났다. 사장이 성소수자를 기괴한 멸칭으로 부르며 증오하는 사이, 얼굴들은 점차 선명해져서 나를 붙들었다. 우리는 한낮에 거리를 행진했고 책과 영화를 선물로 주고받았다. 어깨를 맞대고 술을 나눠 마신 밤도 수두룩했다. 2020년 8월 25일, 사장은 동성애를 어떻게 생각하느냐고 물었다. 찬성해요? 반대해요? 젊은 사람들이 가짜 뉴스에 세뇌되어 큰일이라며 동성애는 자유민주주의를 망치는 원흉이라고, 더러운 것들한테 더럽다고 말도 못 하게 막는 차별금지법은 역차별이라고, 다수결의 원칙에 따라 소수자는 배제해야 한다고 외치다가 사장은 끝에 하나 더 물었다. 설마 농성애자예요? 그날은 칠석이었다. 음력 7월 7일, 견우와

직녀가 은하수 위에 놓인 오작교를 건너 일 년에 한 번 만나는 날. 때마침 비가 내렸고 사랑은 역시 좀 슬프다고 생각했다. 만나는 기쁨도 잠시, 눈물을 참지 못한 연인이 이내 비를 뿌리듯 사랑을 지키는 일엔 근심이 따랐다. 그럼에도 도저히 포기할 수 없고 포기해선 안 되는 것이 사랑이었다.

청소 일을 시작하고 처음으로 우선순위가 명확해지는 순간이었다. 내가 진짜로 원망하는 것은 쓰레기나 쓰레기를 치울 필요가 없는 고객이 아니라, 혐오 발언을 쏟아내는 사장도 아니라, 타협하지 말아야 할 것과 타협하는 나였다. 나만 아는 내 못난 모습이 빠르게 스쳐 지나갔다. 위스키와 담배는 물론이고 갑자기 새 옷과 향수에도 욕심을 부리는 나. 청소 일하는 나를 깎아내릴수록 영화 일하는 내가 근사해진다고 속이는 나. 행운을 감추고 불운을 부풀리면서 날 불쌍해하는 재미에 푹 빠진 나. 여기서 잘못됐다고 말하지 않으면 돌이킬 수 없을 듯했다. 운전석에 앉은 사장의 뒤통수를 바라보며 일을 관두겠다고 했다. 그는 이유를 묻지 않았으나 나는 구태여 설명했다. 미소가 그러하듯 나도 내 사랑과 존엄에 최선을 다하고 싶었다. 청소 일을 끝내고 나서도 아르바이트는 지속했다. 빵집에서 반년, 약국에서 일 년 일했는데 전만큼 괴롭지는 않았다. 강도 높은 육체노동에서 벗어난 것도 한몫했지만, 그보다는 타협에 적극적으로 나서니 차라리 현실을 버틸 만했다는 것이 내 결론이다.

애정과 용기와 기억 같은 단어를 쓰려면 이면을 들여다봐야 했다. 그것이 내 현실에 침범하는 한 혐오와 기만과 망각도 겪어야 했다. 전부 겪어 가되 참을 것만 참기로 하면서 우선순위는 거듭 수정됐다. 사장의 질문을 차단한 후에도 전염병의 시대는 그렇게 무수한 질문을 남겼다. '아침 청소, 밤 영화' 패턴은 '아침 영화, 저녁 빵집'으로 '평일 영화, 주말 약국'으로 조금씩 모양을 달리했다. 한 가지 일만, 그것도 영화 일만 해서는 먹고살 수 없으니 동시에 여러 일을 굴려야 했고, 이만해서 다행이라는 안도 속에서도 회의감은 기어이 꿈틀댔다. 요즘에는 도보 배달 일을 하면서 틈틈이 다른 아르바이트를 찾고 있다. 사는 것이 괜히 억울해지는 밤이면 위스키를 따르고 미소를 기다린다. 대가 없이는 보상도 없는, 이유 모를 친절은 빛이 아닌 빚으로 쌓이는 세상에서 미소는 천사처럼 보인다. 문밖 어딘가에 미소 같은 사람 한 명쯤 있다고 믿는 것만으로도 세상은 살만한 곳처럼 다가온다.

타인의 불행을 어루만지고 행복을 빌어주는 미소. 오목한 잔에 담긴 금빛 위스키를 충분히 음미하는 미소. 자신을 부끄러워하지도 대단히 자랑하지도 않는 미소. 긍정으로 빛나는 그 단단한 품에 마음을 맡긴 채 서로 안부를 나눴으면 싶다. 영화 마지막에 카메라는 미소가 자리했던 곳을 하나씩 비춘다. 미소가 어디로 갔는지는 상상에 맡겨야겠지만, 미소를 기억하는 사람들은 잠시나마 미소처럼 웃는다. 천사가 남기고 간 희미한 눈짓을 발견할 때, 그들은 지금 누리는 것만큼이나 오래전에 포기해 버린 것 또한 실은 소중했음을 깨달을지도 모른다. 나는 청소부로 일했던 시간을 더는 미워하지 않는다. 덕분에 봄이 어떻게 오는지, 여름은 또 어떻게 가는지 낱낱이 지켜봤다. 그 풍경을 되새기면서 앞으로 마주할 계절에 지레 겁먹지 않으려 한다. 가능한 한 느리게 포기하고 사랑과 존엄은 마지막까지 내어주지 말아야지.

Ⓒinema Ⓐnd Ⓣheater

Ⓒ 〈소공녀〉 (2018)
감독: 전고운
출연: 이솜, 안재홍, 강진아, 김국희, 이성욱, 김재화

마감노동자의 책상

마감 직전에 책상은 최고로 지저분하다. 우선 저마다 다른 액체가 담긴 컵들이 사방에 널려 있다. 물, 커피, 허브차, 맥주, 와인. 재떨이는 빈틈없이 차고 손 닿는 곳에 펼쳐둔 책도 여러 권이다. 키보드 주변에 안경과 안약이 굴러다니고 벽에서는 포스트잇이 너저분하게 팔랑거린다. 어쨌거나 마감하면 문제없다. 어서 쓰고 어서 치우면 될 일이다. 문제는 다음 문장으로 넘어가지 못하는 날이, 급기야 첫 문장조차 시작하기 어려운 날이 드물지 않다는 것이다. 마감 노동자의 책상은 계속하기와 미루기의 격전지다. 성숙하고 지혜로운 노동자라면 머릿속에 떠오르는 온갖 변명을 걷어치우고 '그럼에도' 쓴다. 죽이 되든 밥이 되든 계속 지어야 결과를 내고 마감 기한을 맞출 테니까. 미숙하고 어리석은 노동자도 그 사실을 알지만 '그럼에도' 쓰기를 미룬다. 본격적인 작업에 앞서 워밍업을 한다든지, 일단 시동부터 걸고 지켜본다든지 하는 의미가 아니다. 쓰기를 미룬다는 것은 쓰지 않을 뿐만 아니라 쓰지 않으려고 별의별 짓을 다 한다는 뜻이다.

커피를 내리고, 뉴스를 보고, 향을 피우고, 청소하고, 샤워하고, '해야 할 일' 리스트를 만들고, 음악을 듣고, 넷플릭스 왓차 디즈니플러스 티빙 웨이브를 순회하고, 유튜브를 헤매고, SNS를 업데이트하고, 산책하러 나선다. 산책을 마치면 곧장 글을 써야 한다. 하루가 저물어갈 시점인 데다 체력도 바닥을 보인다. 하지만 나는 처음으로 돌아가기를 택한다. 다시 커피를 내리고, 향을 피우고, 써야 할 글이 아니면 무엇이든 쓴다. 그런 면에서 SNS는 말도 안 되게 유용하다. 스쳐 가는 것과 스쳐 보내야 하는 것을 붙잡고 늘어질 수 있다. 오래전부터 친구들은 조언과 놀림을 지속했다. SNS에 쓰는 시간이 아깝다고 잔소리하며 ("그거 할 시간에 제대로 된 글을 써! 제대로 된 곳에!") 인생 낭비하지 말라고 혀를 찬다. 내 생각은 다르다. SNS는 고마운 지면이다. 일어나고 일어나지 않은 사건, 조금 특별하거나 아무래도 평범한 생각, 미묘하게 나뉘는 기분과 감정까지 그곳에 기록할 글거리는 무궁

무진하다. 무엇보다 SNS는 착각을 안겨준다. 쓰고 있다는, 단어를 조합하고 문장을 배열해서 뭔가를 완성한다는 착각.

　　다만, 미루기는 매번 똑같은 결말에 도달한다. 지명 수배자의 말로가 그러하듯, 일을 피해서 도망치고 숨어 지내던 자도 결국 대가를 치른다. '하루만 일찍 시작했더라면!'이라며 뒤늦게 후회해 봤자 소용없다. 모자란 시간에 절절매며 끼니를 거르고 졸음을 쫓으려 커피와 담배를 빈속에 때려 붓는다. 그렇게 밤을 새우고 나면 각종 이상징후가 나타난다. 턱이 얼얼하다. 뒤를 쫓기듯 초조해져서 손톱을 잘근댔던 탓이다. 눈의 피로는 말할 것도 없고 긴 시간을 몰아서 일하니 목과 허리에도 무리가 간다. 낮인지 밤인지 일요일인지 월요일인지 분간할 수 없는 몽롱한 상태. 괴롭다. 편안하지 못한, 아슬아슬한 기분이 못마땅하다. 글을 한 편 완성한 것이 아니라 글쓰기에 또 한 번 실패한 것 같다. 욕실 거울의 물기를 닦으며 그간 숱하게 반복했던 청유와 명령을 되풀이한다. 이렇게 살지 말

자. 아침에 깨고 밤에 자는 사람이 되자. 정신 차리고 제때 일하자. 그러고는 다음 마감이 다가올 때쯤 되면 모든 약속을 까맣게 잊는다. 미루고 또 미룬다.

그저 시작하고 이어가면 되는데 어째서 나는 번번이 발등을 찍고 무덤을 파는 것일까. 앤드루 산텔라의 『미루기의 천재들』(어크로스, 2019)은 책상 모서리를 지키는 책 중 하나다. "레오나르도 다빈치와 찰스 다윈에서 당신과 나에게로 이어지는 미루기의 역사"를 제공하겠다는 카피대로 이 책은 온갖 도피법을 수집하고 열거한다. 다빈치와 다윈이 굳이 나한테까지 전수되기를 기대한 적은 없지만 미루기가 유구한 역사를 지녔다는 이야기엔 귀가 솔깃한다. 저자는 미루기를 창작자의 낙관주의로, 스릴 넘치는 행위로, 결과가 아닌 과정을 향한 옹호와 애호로 해석한다. "위대한 예술가의 미루는 습관은 마치 그동안 영감을 받고 있는 듯 여겨지는 법"이라서 책에 실린 이름들은 돋을새김한 듯 눈에 또렷이 박힌다. 하지만 나는 거장이 아니라 약속을 지켜야 하는 노동자이고, 미루기가 지독한 게으름이라는 사실을 안다. 하루를 마무리해야 할 시각에 지나치게 깨끗한 '해야 할 일' 리스트를 마주하는 것은 고역이다. 읽을 때마다 속이 뜨끔하지만 묘하게 위로가 되는 구절이 있다. "미루는 행동은 실패의 원인인 동시에 실패에 대한 변명이 된다."

내가 일을 미룰 때 가장 애용하는 핑계는 "작업실이 없어서"다. 처음엔 습관처럼 책상을 구박한다. 완벽한 책상이 없어서 의지가 떨어지는 거라고 말이다. 통원목을 그대로 재단해서 만든, 세상에 하나뿐인 가구를 집에 들이면 뭐든 쓸 맛이 날 텐데. 그러면 이사할 곳부터 알아봐야 한다. 6평짜리 '1.5룸'에 꿈의 책상을 놓기란 불가능하니까. 근데 복권에 당첨되지 않는 한 무슨 수로 이사를 한담? 틀려먹은 계획이다. 공상은 제자리를 맴돌다 늘 같은 벽에 부딪힌다. 나는 별로 속상하거나 기죽지 않았다는 듯 작업실이 필요하다고 부리나케 결론을 짓는다. 근데 작업실을 구하는 데도 돈이 든다. 월세와 생활비,

각종 지출에 더해 작업실 임대료까지 내려면 여기서 뭔가를 또 포기해야 한다. 책을 덜 사고 극장에 덜 가고 친구를 덜 만나면 되려나? 엄마가 유산마냥 물려준 우체국 보험 세 개를 해지하면? 문득 머릿속에서 "당신이 사는 곳이 당신을 말해줍니다"라는 20년 전 아파트 광고 문구가 저주처럼 울려 퍼진다.

집과 일터가 한 공간을 나누어 쓰는 모양새가 됐다는 건 계속하기보다 미루기에 적합한 조건이다. 팬데믹 기간에 홈오피스, 홈짐, 홈카페 같은 단어가 발명되고 통용되는 풍경을 보며 야속했다. 집이라기보다는 방이라고 칭하는 편이 차라리 떳떳한 곳에서 일하고, 요가 매트를 펼쳤다 말았다 하고, 종이 필터에 커피 내려 마시는 내 모습이 사뭇 구차해서였다. 먹고 자고 쓰다 보면 금세 비좁아지는 집에서는 모든 것이 나 같다. 먼지 쌓인 선반과 싱크대에 쌓인 그릇이 나 같고, 포스트잇에 휘갈긴 메모와 화장실에 핀 곰팡이도 나 같다. 구석구석 손길이 닿아 익숙해진 공간은 아늑한 만큼 지긋지긋하다. 창문을 열어 환기를 시켜봐도 내 습관과 냄새는 그대로 남아 있다. 사방에 버티고 선 벽을 모조리 깨부수고 싶어질 때, 나는 끽해야 운동화 끈을 조여 매고 긴 산책에 나선다. 집보다 훨씬 넓은 강을 따라서 하염없이 걷는가 하면, 산에 올라가서 도시를 발밑에 놓고 깔보듯 구경한다. 협소한 공간은 사람 마음도 옹졸하게 만든다고, 울분을 말끔히 털어내지 못하는 자신을 합리화하면서.

나만 너무 많은 공간에서 어떻게 계속할 수 있을까. 새로움과 명랑함을 잃지 않고, 실패를 두려워하지 않고 부단히 쓰려면 나 아닌 것과 나보다 나은 것을 가져야 하지 않을까. 『미루기의 천재들』에 컨트리 가수 조니 캐시의 '투 두 리스트'가 언급된다. 구글에 검색해 실제 사진을 찾아보니 열 가지 목록마다 왼쪽에 Urgent 박스가, 오른쪽에는 Done 박스가 그려져 있다. 조니 캐시는 어디에도 체크하지 않았다. 그에게는 무엇도 긴급하지 않았으며 결국 그는 아무것도 끝마치지 않았다. 리스트 아래 마련한 공란NOTES에 조니 캐시는 not write notes라고 적었다. 메모

할 것이 없다는 뜻일 수도, 오늘은 제발 메모하지 말자는 열한 번째 다짐일 수도 있다. 나는 자문자답을 관둔다. 책을 덮고 조니 캐시의 음악을 듣는다. 유튜브에서 준 카터가 노래하는 영상을 찾아보다가 인터넷에 흩뿌려진 둘의 러브 스토리를 그러모은다.

이미 영화도 제작됐다. 원제는 <Walk the line>, 한국에서는 <앙코르>(제임스 맨골드, 2005)라는 제목으로 개봉했다. 리즈 위더스푼이 준 카터를, 호아킨 피닉스가 조니 캐시를 맡는다. 형의 갑작스러운 죽음으로 상심한 조니는 음악에 열중한다. 형이 잘한다고 칭찬해 주던 노래에, 냉랭한 부모와 달리 관심과 환호를 퍼붓는 팬에게 빠져든다. 황홀하고 아찔한 세계에서 'Cry, Cry, Cry'를 부르며 성공 가도를 달리던 조니는 머지않아 마약에 손을 댄다. 준이 나타나는 시점은 바로 그때다. 조니가 삶을 미루고 방관할 때, 무력감과 공포에 찌든 실패자가 됐을 때 준이 등장해서 호탕하게 웃는다. 리즈 위더스푼은 누군가의 우상이 되기에 충분해 보인다. 빛나고 강인한 준은 조니를 무대로 끌어내고 청중을 단번에 집중시킨다. 자신을 의지하다 못해 이용하는 조니를 꾸짖기도 한다. 조니에게 준은 또 다른 도피처였을까, 아니면 미루기를 끝장내라는 계시였을까. 둘은 미루기와 계속하기의 긴장 속에서 나란히 듀엣을 부른다. "굽지 않은 반죽은 케이크가 아니듯 노력이 없으면 사랑은 거품 같아. 네가 마음만 먹어 주면 돼. 눈 깜짝할 사이에 데려다줄게. 어서 해보자. 시간이 없어!"

겨울이 예상보다 길어지자 웅크린 등을 풀기 어려웠다. 추위와 허기, 생활이 방 한쪽에 고여 웅덩이를 만든 듯했다. 거기에 빠져 발목 잡힐까 봐 이불을 뒤집어썼다. 끝내 계절이 지겨워질 무렵, 집을 벗어나 음악을 들으러 갔다. 하필 공연 제목이 〈우리들의 작업실〉이었다. 여유와 설빈이 첫 곡을 마치고 작업실에 관해 이야기했다. 여유는 작업실을 "만들어 놓고 딴짓하는 곳"으로 정의했다. 설빈은 '작업실'로 삼행시를 선보였다. "작업실에서, 업무에 돌입했다, 실패했다." 유머의 기본은 능청과 반복. 설빈은 두 번째 곡을 부른 다음에도 꿋꿋하게 삼행시를 이어 갔다. "작업실에서, 업무에 돌입했다, 실패인가?" 와하하 웃음을 터뜨렸다가 아랫입술을 꾹 깨물었다. 말끝에 달린 물음표가 왠지 가느다랗게 들려서.

　　　실패했어도, 실패인가 싶어도 계속하기. 미루기와 계속하기의 긴장 속에서 멈추지 않기. 그럴 수 있는 힘은 어디서 샘솟을까. 설빈은 삼행시 트릴로지를 이렇게 완성했다. "작업실에서, 업무에 돌입했다, 실오라기 같은 빛이 보인다." 불안과 의심을 딛고 업무에 매진했더니 어느새 3집이 나왔다는 얘기였다. 설명을 듣고 나니 반죽을 케이크로 만드는 힘은 '어디서' 솟아나는 것이 아니라, 스스로 마련하는 것이구나 싶었다. 자본과 계급의 격차를 외면하는 '노오력' 말고, 나는 나를 외면하지 않겠다는 책임감과 긍지가 빚어낸 내력. 최근에 『미루기의 천재들』 옆에 대니 샤피로의 『계속 쓰기』(마티, 2023)를 세워 놓았다. 단호한 목소리가 필요할 때면 그 책을 꺼낸다. 글쓰기 수업에 참여한 학생처럼 자세를 고치고 이런 지침을 반복해서 읽는다. "글쓰기도 마찬가지다. 다른 일들처럼 실천해야 한다. (…) 글을 쓰고 싶은 기분을 누가 느낄 수 있을까? 마라토너가 달리고 싶은 기분이 될 때까지 기다리나?" 쓰고 싶을 때까지, 적절한 기분을 되찾을 때까지 기다린다는 말은 쓰기를 기약 없이 미룬다는 말과 같다. 다들 집과 일터, 현실과 환상을 왕래하며 제 몫의 하루를 감당하듯 나도 내 몫의 마감을 해야 할 뿐이다. 작업실이 있든 없든, 완벽한 책상을 소유하든 말든.

실오라기처럼 가느다란 빛줄기, 그날 여유와 설빈이 자그마한 공연장에서 노래한 '희극'은 그 실낱같은 반짝임으로 출렁였다. "자, 지금부터 시작해. 엉뚱한 상상으로 우주의 질서를 완전히 새로 쓰자." 가까이 봐도 멀리서 봐도 비극인 삶에서 이따금 희극을 보면 좋겠다. 바로 그 점이, 부지불식간에 깃드는 희극이 우리 삶을 한껏 비극적으로 만든다고 할지라도. 한 발 한 발 내딛는 걸음이 도피가 아닌 직면에 속한다고 믿으면서. 나는 책상으로 돌아온다. 구박하지 않겠다고 백 번 넘게 약속한다. 지금은 그곳이 내 유일무이한 작업실이니까. 나는 침대에 엎드려서, 변기에 걸터앉아서, 싱크대에 등을 기대고서, 그리고 책상 앞에 앉아 더듬더듬 쓴다.

Ⓒinema Ⓐnd Ⓣheater

Ⓒ 〈앙코르〉 (2005)
감독: 제임스 맨골드
출연: 호아킨 피닉스, 리즈 위더스푼, 지니퍼 굿윈, 로버트 패트릭

별것 아니지만 도움이 되는

사랑이니 욕망이니 나불댔지만 글쓰기도 결국 노동이다. 달뜨는 마음이 무색하게도 의자에 궁둥이 붙이고 앉아서 낮이고 밤이고 지지부진한 시간을 견뎌야 한다. 프리랜서에게는 상사가 없지만 클라이언트는 있다. 마감에 맞춰 글을 '납품'하려면 나를 다그치고 내몰다가 때로는 어르고 달랠 줄도 알아야 한다. 작업의 능률을 높이고 삶의 질을 향상하는 데 기여한 유튜브 채널 몇 군데에 감사를 전한다. 이들 덕분에 한 페이지만 더 쓰고 눕자며 나를 설득할 수 있었다. 일과 생활 사이에서 휘청거릴 때 버팀목 삼았고, 세상이 밉고 꼴 보기 싫은 날에 방문해서 무너진 인류애를 회복하기도 했다. 이들이 넣어준 추임새에 힘입어 혼자서도 무사히 북 치고 장구 쳤다. 별것 아닌 듯해도 분명 도움이 됐다.

욕조에서는 몽상이 가능하다고 봅니다 |
몽상욕조 asmr @bathtub_asmr

어쩌다 당신을 알게 됐을까요. 니도 모르게 이름에 눈길이 갔을 겁니다. '몽상욕조'라니 거창하고 우스운, 조금 느끼하기까지 한 이름이잖아요. 그냥 지나치지 못하고 당신의 미지근한 욕실에 입장했습니다. 욕조는 여러 개였지만 몸을 바로 담그지는 못했어요. '하이틴 여주의 평화로운 뉴욕 주택가 아침'이며 '귀족 자제의 왕실도서관 클래식', '거문고 소리가 흐르는 옥황궁 서재' 등 당신 이름만큼 과한 제목에 당황했거든요. 도무지 용기가 나지 않아서 뒷걸음질 치듯 뒤로 가기 화살표를 눌렀답니다. 겉으로는 유치하다고 비웃었지만요, 실은 긴장했어요. 제목을 클릭하는 순간 속내를 들킬 것 같아서요. 영화 속 주인공처럼 잘나가는 여자애가 되고 싶은 나. 풍요와 특권을 누리고 싶은 나. 분수도 모르는 나. 한심한 모습이 탄로 날까 봐 당신 주변을 맴돌기만 했습니다. 하지만 얼마 못 가 굴복했어요. 소리가 필요했습니다. 당신이 만든 ASMR 영상은 배경을 바꿔 주잖아요. 변함없고 고만고만한 것뿐인 내 방에 분위기라는 걸 제공하며 잠시나마 색다른 기운을 불어넣지요. 돈한 푼 안 들이고, 아양 한 번 안 떨고 남의 신분을 가로챌 수 있다니 누가 마다하겠어요. 당신의 욕조 중 내가 가장 즐겨 찾는 건 '작가의 집필하는 숲'입니다. 제목도 어마어마한데 '빅토리아시대 분위기, 작가 제인 오스틴'이라는 부제까지 붙여 놓아서 정말 낯부끄러워요. 효과는 확실합니다. 일을 미루며 몸을 늘어뜨리다가도 나긋한 피아노 연주와 사각거리는 연필 소리가 방에 스며들면 기운이 나거든요. 당신은 그 영상에 사용한 소리 목록을 다음과 같이 정리했습니다. "숲에서 얻은 영감을 집필하는 제인 오스틴 / 바람에 살랑이는 나뭇잎 / 멀리서 들려오는 새의 노래 / 평화로운 숲의 풀벌레와 강" 문구만 봐도 아름답네요. 영감을 집필한다는 건 무슨 뜻인지 도통 모르겠지만요. 당신은 제인 오스틴을 좋아하나 봅니다. 영상 밑에 작가의 말을 옮겨 두었고, 제인 오스틴이 자유롭게 글을 쓸 공간과 시간을 갖기까지 너무 오래 걸렸다며 안타까워하는 댓글에는 다정한 답글을 달았어요. '낭만과 고뇌가 깃든 티타임, 오만과 편견 ASMR'을 만들기도 했지요. 그걸 들으면 소낙비를 맞으며 바보 같은

161

대화만 늘어놓던 젊은 연인의 모습이 자동으로 재생돼요. 엘리자베스와 다아시 말예요. 그러고 보면 내 시공간은 당신에게 얼마간 빚졌습니다. 당신이 정성껏 엮은 소리 덕분에 난 창문 없는 방에서도 숲을 떠올립니다. 으스스한 겨울밤에도 신록 짙은 계절에 머물지요. 이건 다 가짜에 바보 같은 착각이지만, 그래서 마음에 듭니다. 당신 이름처럼 부담스럽고도 적절합니다. 맞아요, 몽상과 욕조는 그런대로 어울려요. 내 집은 욕조를 둘 만큼 넓지 않으니 가끔 당신에게 빌려 쓰겠습니다. 그 정도 허영은 괜찮겠지요. 아무렴 욕조에서는 몽상이 가능하다고 봅니다.

한 달에 하루만 | 하루하루 문숙 @day-bydaywithsuki

　　"우리 몸이 건강하다는 것은 우리 마음이 행복해지는 데 결정적 역할을 합니다." 손목을 붙잡힌 듯했어요. 맑고 온화한 음성에 마음을 빼앗긴 나머지 복음을 접한 신도의 표정을 짓고 말았답니다. "결정적"이라고 말할 때 선생님은 두 눈을 꼭 감기까지 하셨어요. 반박 불가. 손뼉을 쳤습니다. 그렇구나! 몸이 튼튼해야 마음이 환해지는구나! 선생님이 후광에 둘러싸여 계신 이유를 알 듯했지요. 그러나 실천은 더뎠습니다. 저는 선생님을 통해 다도, 요가, 여행, 요리 등 세련되고 고상한 삶의 양식을 '눈팅'하는 것에 만족했어요. '자연 치유식 레시피' 영상을 보며 배달 음식을 먹었고요, 침대에 삐뚜름하게 누워 '저자극 순환 목욕법'을 구경했습니다. 선생님이 알려주시는 건강한 생활 습관보다 선생님의 외모에 관심이 많았어요. 학처럼 길고 곧은 목, 눈부신 은빛 머리카락을 한참 바라봤습니다. 아무런 무늬도 장식도 없이 완벽한 저 셔츠와 로브는 얼마짜리인지 궁금했어요. 명실상부한 웰에이징의 아이콘, 선생님의 유튜브는 미에 탄복하는 댓글로 항상 북적여요. 너무 아름다우세요, 제 롤모델이세요, 저도 얼굴에 손대지 않고 염색하지 않고 자연스럽게 늙고 싶어요…. 그러던 어느 날, 발견한 거예요. "전에 이 영상을 볼 때 끝까지 못 보고, 치웠다. 이유는 여러 가지로 다 내 안의 문제다. 이번에 문숙님의 영상을 편안한 마음으로 볼 수 있다는 것이 좋다. 우아하고 지적이면서도 진실한 사람을 봐도 열등감이 생기지 않고, 이쁘시다 하는 마음이 든다. 모든 것은 내 마음에 달렸다." 빠짐없이 찍은 온점과 널따란 띄어쓰기에 흠칫했습니다. 혹시 엄마가 댓글을 달았나 싶어서요. 저는요, 제가 만약에 선생님과 동년배라면요, 선생님 유튜브를 구독하지 않았을 거예요. 일일이 비교하고 질투하느라 속이 뒤집어졌을지도 몰라요. 왜냐면 저는 선생님처럼 늙기는커녕 우리 엄마처럼 늙기도 힘들 것 같거든요. 엄마는 처진 눈두덩이가 싫어서 적금을 깼어요. 쌍꺼풀 수술을 하려고요. 철마다 쿠팡에서 싸구려 옷을 사고 당연히 주기적으로 새치 염색을 합니다. 세월에 저항하는 것이 아니라, 그마저도 안 하면 너무 초라해 보여서 그래요. 가난과 외로움은 덮어도 덮어도 티가 나서요. 근데 엄마였어도 "모든 것은 내 마음에 달렸다"고 쓸 것 같아요. 가끔은 엄마가 어떻게 제정신을 잃지 않고 사는지 신기합니다. 선생님의 행보를 지켜보면서도 비슷한 감탄을 연발하지요. 영화계를 들썩이게 한 파격적 러브스토리의 주인공이자 수많은 소문을 몰고 다닌 '여배우', 하지만 그 모든 이야기와 커리어를 뒤로 하고 낯선 곳으로 떠난 예술가. 당시 마음을 선생님은 이렇게 표현하셨습니다. "떠나야 했고, 찾아야 했고, 알아야 했어요." 최근 대중은 선생님을 <경이로운 소문>(OCN, 2020)의 위겐이나 <홍천기>(SBS, 2021)의 삼신처럼 천상계 존재로 받아들입니다. 한데 선생님은 숱한 만남과 이별, 통증을 겪은 후 블루베리 마멀레이드를 만들고 계시네요. 단맛이 깊어지려면 설탕이 아닌 소금을 넣어야 한다며 눈을 반짝이시고요. 오늘도 어김없이 근사한 선생님을 보며 다짐합니다. 하루하루 문숙처럼 사는 것은 어렵지만 한 달에 하루쯤은 문숙처럼 살겠습니다.

땡땡과 나 | 과나gwana @gwana9102
구독자가 백만에 유박하는데 과나 너는 내 알고리즘에 뜨지 않았어. 요즘 재밌는 유튜브 없냐고 물었더니 친구가 네 얘기를 하더라. 처음 듣는다니까 자기가 좋아하는 영상을 여섯 개나 주르륵 보내줬어. 친구는 나보다 훌륭한 사람이야. 손 글씨가 귀엽고 비건에 페미니스트며 지성과 유머를 고루 갖췄지. 나한테 돈도 몇 번이나 빌려줬어. 최악의 일이 벌어지면 가장 먼저 그 친구에게 연락할 거야. 경찰서에 신고하기 전에, 없는 종교를 찾기 전에 개한테 전화를 걸어 밑도 끝도 없이 지금 당장 여기로 와달라고 하겠지. 그 말이면 충분할 테니까. 한마디로 넌 별로일 리가 없었어. 그 친구는 내게 별로일 수가 없거든. 개가 보내준 첫 번째 영상은 '방구가 향기롭다면'이야. 나무위키에 나와 있듯 "구수한 목소리 및 입담"이 귀에 박혔지. 그다음엔 네가 애니메이션, 음악, 영상, 요리 등 할 줄 아는 것이 참 많다는 사실에 놀랐어. 그리고 두 번째 영상은 '사람이 되기 싫은 곰'이었는데 말이야, 세상에 그걸 보고 울었지 뭐니. 친구도 그랬대. 이대로 멋진 하루, 양육자의 푹신한 품, 조약돌처럼 빛나는 비밀과 작별하고서 "성실하고 올

바르게나" 사는 인간이 되기로 한 미련퉁이 곰을 보며 우리는 눈물을 훔쳤다. 살짝 자존심이 상한 채로. 인간답게 살려면 고작, 그러나 무던히도 남의 눈치 보는 법을 배워야 한다는 사실이 슬퍼서 네가 목청껏 "안녕" 외칠 때마다 손을 흔들고 싶어졌어. 다만, 그때만 해도 네 이름엔 그다지 신경 쓰지 않았어. '그거 아세요?'라는 영상을 본 후에야 나는 멋대로 과나를 '땡땡과 나'의 줄임말로 이해했다. "여러분이 알고 있는 쓸데없는 정보를 가르쳐주세요. 다른 사람이 들었을 때 아무짝에도 쓸모없을수록 좋습니다." 네말에 저마다 댓글을 남겨 작사에 참여했지. 누군가는 누워서 발로 박수를 치면 기분이 좋아진다고 했고 누군가는 병뚜껑 톱니 개수가 스물하나라는 사실을 알려줬어. 네가 바란 대로 쓰잘머리 없는 소리가 줄줄 이어졌고 노래는 점점 클라이맥스를 향했다. 영상 말미에는 어쩔 수 없이 뭉클해지더라. 넌 마지막을 사랑으로 채웠잖아. 동생을, 연인을, 엄마 아빠를, 고양이를, 과자를, 게임 캐릭터를, 친구를 사랑한다는 고백이 쏟아지도록, "나는 나를 사랑하고 싶어요"라는 바람이 한 자리를 차지하도록 너는 신명 나게 연주했다. 그때 깨달았어. 너는 오직 너이기만 하지 않기로 한 사람. 다른 이와 연결되었음을 자각하고 그들과 함께하려는 사람. 개인을 이루는 자질구레한 습관과 취향이 네게 노랫말이 된다는 사실에 덩달아 힘이 났다. 그 영상이 업로드된 날짜는 2020년 4월 1일. 코로나19는 긴 만우절 같기도 했지. 무방비로 맞닥뜨린 재난이 무엇까지 바꿔 놓을 줄 모른 채 다들 웅크리고서 눈만 껌뻑였다. 그렇듯 막막한 나날에 '그거 아세요?'라는 질문을 던져주어 고마워. 나와 내 친구에게 "여러분의 쓸모없는 이야기들, 제게는 쓸모 있었습니다"라고 말해줘서.

Ⓒinema Ⓐnd Ⓣheater

Ⓒ 〈오만과 편견〉 (2006)
감독: 조 라이트
출연: 키이라 나이틀리, 매튜 맥퍼딘, 브렌다 블레신, 도날드 서덜랜드,
톰 홀랜더

실지는 않고 좀 미워요

콩이라는 글자를 좋아한다. ㅋ 아래 ㅎ을 쓰면 콩이 된다. 메신저에서 친구들이 ㅋㅋㅋ 하고 보내면 일부러 ㅎㅎㅎ 하고 답장한다. 합쳐서 콩콩콩. 야무지게 웃는 모양이다. Rest in peas. 나만 재밌다고 생각하지만 의외로 잘 먹히는 주문이다. 근데 때로는 콩콩콩도 힘을 못 쓰는 시기가 찾아온다. 아무리 웃음을 꾸며봤자 기운은 기운대로 빠지고 얼굴은 점차 굳어져만 간다. 뭘 하기도 싫고 할 마음도 딱히 안 생기는, 일명 '인생 노잼' 시기다. 인터뷰하다가 배우와 감독은 그 난처한 구간을 슬럼프 혹은 번아웃으로 명명한다는 사실을 알아차렸다. 그간 수집한 정보에 의하면 거기서 벗어나는 방법은 다양하다. 운동, 명상, 여행, 요리 등 길은 여러 갈래이지만 결국 하나로 통한다. 다들 제 분야가 아닌 것에 잠시 한눈을 팔며 시간을 번다고 했다.

일이 없다기보다는 일에 질렸던 어느 날이었다. 매번 엇비슷한 글을 써내는 듯했고 '다음에 잘하자!' 해도 다짐은 다짐으로 남을 뿐이었다. 영화를 보는 것도, 영화에 관해 쓰는 것도 멈춰야겠다는 생각이 들었다. 다르게 쓰려면 아예 다른 사람이 되어야 하지 않나? 영화에 기대지 않으면 나는 대체 뭘 쓸 수 있을까? 매가리 없이 늘어져서 답 없는 질문을 반복하다가 일단 저지르고 보자는 마음으로 글방 문을 두드렸다. 돈 주고 마감을 산 셈이다. 연극 <플루토>를 보고 나서 안담 배우의 인스타그램을 팔로우했는데, 그가 글방을 연다는 소식을 올렸다. 이름이 예뻤다. 무늬글방. 배우를 향한 호기심에 새로운 글을 써야 한다는 초조까지 더해져 재빨리 신청서를 냈다. 배우에게 짧은 메일을 받았다. "한비님 반갑습니다. 무늬글방 일요반 신청이 완료되었습니다. 4월에 만나요!"

2021년 4월부터 2022년 8월까지 총 다섯 차례 무늬글방에 참여했다. 연극 무대에서 안담은 강인한 지휘관이 아니라 취약한 병사에 가까웠다. 울고 싶지 않았던 것 같은데 울고 마는 그를 보며, 나도 모르게 다음을 예감했다. 저 사람과 나는 어디선가 다시 만나겠구나. 일방적인 예감을 쌍방의 현실로 만들고 나선 호칭부터 바꿨다. 안담 배우는 자신을 글방지기로 소개했고, 선생님을 포함한 여러 지칭 대신에 "그냥 담이라고 불러"달라고 청했다. 정해진 요일과 시간에 온라인 글방이 열렸다. 줌 화면 속에서 셋방살이 하듯 다들 네모 한 칸씩 차지하고 만났다. 이제 담은 지휘관은 물론이고, 병사가 될 마음도 없어 보였다. 싸움을 종용하거나 금지하진 않았으나, 어느 한쪽이 수세에 몰리는 상황은 막아줬다. 글방에서 새로운 작가들의 이름에 익숙해지는 동안, 담은 차라리 내게 <포카혼타스>(마이크 가브리엘·에릭 골드버그, 1995)의 버드나무 할머니 같은 존재로 다가왔다. 크고 연하고 수많은 귀를 잎사귀처럼 매달고서 차분히 속삭이는 길잡이. 담을 지나치게 의지하지 않으려 했지만, 당황하거나 지치면 종종 담의 목소리를 기다렸다. 담이 규칙과 방향을 짚어준 덕분에 안전함을 누린 것도 사실이었다.

주마다 글을 한 편씩 써오고 한 명씩 돌아가며 이야기를 나눴다. 글에 관한 코멘트는 글에만 속한다는 글방의 약속이 우리를 자유롭게

했다. 글이 곧 나인 것도, 내 전부를 의미하는 것
도 아니기에 멋대로 썼다. 반대로 글이 곧 너인
것도, 네 전부를 의미하는 것도 아니기에 용기
내어 읽었다. 그렇게 한눈팔기에 성공했다. 생계
와 커리어에 도움이 되지 않는 글을 쓰고 읽다
보면 주말이 금세 다가왔다. 몇 번째 글방이었
던가, 하루는 친구들과 놀러 간 강화에서도 줌에
접속했다. 새로 모집한 기수의 첫 모임이 열리는
날이라 결석하고 싶지 않았다. 짐을 정리하는 노
동에서 홀로 풀려난 채, 숙소에 딸린 방 안에 틀
어박혀 글방 동료들이 올린 글을 확인했다. 침대
에 노트북을 올려놓고 봤더니 연지가 "계속 그
자세로 있으면 불편할 텐데"라며 걱정했다. 잠
시 화장실에 다녀온 사이, 현민과 경완이 거실에
놓인 커다란 테이블을 방으로 옮겨 줬다.

　　글방 모임을 마치고 거실로 나오자마자
현민이 대뜸 소리쳤다. "다 들었어. 너 왜 우리
후려쳐." 애들은 이미 맥주도 몇 캔 마시고, 숙
소 근처 포구로 노을 구경까지 다녀왔다고 했다.
뭐가 불만인가 싶어 현민을 쳐다봤다. "네가 쓴

건 작은 방이 아니라 큰 방이거든?" 정말 다 들렸나 보다. 듣기는 재미있어도 말하기는 고역인 자기소개 시간. 나는 원래 소개에 재주가 없지만 그날만 그런 척했다. 여행지에 막 도착한 참이며, 낯선 곳에서 줌을 켜고 앉아 있자니 어색하다고. 그 와중에 은근히 자랑하고 싶었나? "친구들이 글방 들어가라고 작은 방을 내어줬거든요." 안 해도 될 말을 굳이 덧붙였다. 내가 지금 정신없이 횡설수설하는 것처럼 보여도, 그래서 여러분이 나를 좀 우습게 여겨도 상관없다는 뜻이었다. 왜냐. 내 친구들은 나를 예뻐하니까. 친절과 배려가 깃든 우정의 울타리가 나를 든든히 지켜주니까.

방 크기를 둘러싼 오류를 정정한 후, 현민은 놀려먹기에 돌입했다. "차한비 저렇게 사회생활 하는 웃음소리 오랜만에 들었네." 친구들에게 나는 천방지축, 게으름뱅이, 안에선 줄줄 새는데 신통하게도 밖에 나가면 안 새는 구멍 난 바가지 정도 되는 것 같다. 미심쩍게 바라보는 눈길을 피해 와인을 홀짝이다가 그날 글방에 가져간 글을 친구들에게도 보여줬다. 그들이 제공한 편안함에 보상하고 싶었다. 너희가 날 참아준 세 시간이 무의미하지 않으며, 나는 최근에 이런 글을 썼다고 알리려 했다. 아니, 실은 놀림을 무마하려는 시도였다. 그만하라는 말을 되풀이하는 것보다 화제를 돌리는 편이 빠르다는 걸 재차 경험한 터였다. 아니, 더 투명하게 말하자면 인정받고 싶었다. 좋아하고 아끼는 이들에게 둘러싸여 애정을 만끽할 요량이었다.

　　아직 세상에 없는, "여러분의 첫 책에 바칠 가상의 서문을 써오는 것"이 그날 과제였다. 참신하고도 아찔한 주문이었다. 당시 나는 밀린 빨랫감을 안 보이는 구석에 처박아 놓듯 오랜 시간 방치했던 엄마와의 관계를 파헤치는 데 열중하고 있었다. 실현 가능성은 제쳐두고, 첫 책으로 엄마와 나를 비롯한 여러 모녀의 인터뷰집을 상상했다. 오직 둘만 아는 역사가 너무 구구절절해서 티끌 하나 없는 사랑을 나눌 수는 없지만, 그래도 우리에겐 관계의 역전과 고양에 대한 욕구가 존재한다고 썼다. 세상에 없는 책처럼 마음에 없는 확신이었다. 친구들은 모든 글에 그러하 듯 내 글도 진지한 얼굴로 읽었다. 어느새 창밖 은 빛줄기 한 가닥 없이 어두웠고 거실에는 정적 이 감돌았다. 허기와 불안이 동시에 닥쳤다. 침 묵을 깬 사람은 현민이었다. "여기가 좋다. 난 항 상 이런 거에 꽂히잖아." 현민이 가리키는 문장 을 확인하기도 전에 감을 잡았다. 고개를 돌리지 않은 채 따지듯이 물었다. "왜? 너무 정세랑 모 멘트여서?"

현민은 한 문장을 꼽았다. "엄마이고 딸 인 사람들 저마다 불행이 선택의 영역이라고, 도 무지 행복을 찾을 수 없을 때조차 불행으로 기우 는 것은 그저 쉽고 빠른 눈속임에 불과할지도 모 른다고 전했다." 여기가 '특히' 좋다는 것도 아니 었다. 이렇다고 할 감상평 없이, 마지막 문단에 나오는 딱 한 줄만 짚어냈다. 빈 잔에 와인을 콸 콸 따랐다. 내가 말했지만, 그 문장만 떼어놓고 보니 정말 정세랑스러웠다. 짜증이 났다. 거기에 다다르기까지 울퉁불퉁한 길을 거쳤딘 내 노력 을 외면한, 정세랑과 비슷한 문장만 콕 집어 마음에 든다고 말한 현민에게 서운했다. 그래봤자 내 것이 아닌 것, 어차피 나에게는 없는 것. 전체를 통틀어서 가장 뻔뻔하게 뻥을 쳤던 부분이고, 한 톨의 진실도 가미되지 않은 순도 백 퍼센트의 거짓말이었다. 와인잔을 내려놓으며 흠칫 몸을 떨었다. 아아, 설마 나 정세랑을 이기고 싶나?

현민의 손가락이 어디쯤 놓였는지 안 봐도 비디오라는 듯 '정세랑 모멘트'라 칭할 때, 내 말투에는 분명히 원망이 섞여 들었다. 이기고 싶냐고? 당연하다. 적어도 내 친구한테는 내가 최고였으면 좋겠다. 게다가 현민은 알아주는 독서가다. 우선 읽는 양이 어마어마하다. 알라딘과 리디북스에 돈을 갖다 바치는 활자 중독자로서 온갖 서적과 잡지를 두루 섭렵한다. 장르나 매체에도 구별을 두지 않는데 그중에서도 각별히 관심을 쏟는 영역은 한국 현대문학이다. 십 대 시절 박완서와 양귀자를 탐독했던 현민은 국어국문학과에 진학했고, 지금은 고등학교에서 교사로 일하며 최은영과 김초엽을 수업 자료로 활용한다. 열성과 감수성, 거기에 전문성까지 갖췄으니 수준 높은 독자라 칭할만하다. 정세랑은 그런 현민의 '최애' 작가다. 정세랑의 유쾌함, 정세랑의 사랑스러움, 정세랑의 다정함. 희망에 가닿으려는 그 끈질긴 노력과 단단한 마음가짐을 현민은 입이 마르도록 칭찬해 왔다.

"절망이 언제나 가장 쉬운 감정인 듯싶어, 책임감 있는 성인에게 어울리진 않는다고 판단했다. 작은 부분에서 시작된 변화가 확산되는 것은 인류 역사에서 흔히 찾을 수 있는 패턴이기 때문에 시선을 멀리 던진다. 합리성과 이타성, 전환과 전복을 믿고 있다."[2]

나는 못나게도 정세랑이 좀 못났으면 좋겠다고 생각한다. 당신의 힘찬 글을 읽을 때마다 소외감을 느끼며, "책임감 있는 성인"이라는 대목에서 주춤했다고 밝히고 싶다. "인류 역사"를 언급하는 순간, 내가 시선을 두어야 할 곳이 너무나 멀게 느껴져서 맥이 빠졌다고, 그게 나를 괴롭게 한다고 주장하고 싶다. "합리성과 이타

성, 전환과 전복을 믿"기엔 갈취와 억압에 시달
리는 존재가 넘쳐나지 않느냐고 다그치면 어떨
까? 그럼 당신의 늠름함에 금이 가고, 나는 열등
감에서 풀려날까? 그럴 리가 없다. 정세랑의 문
장은 비겁하게 흠집을 내거나 꼬투리를 잡으려
는 시도에 무너질 정도로 만만하지 않다.

"우리는 추악한 시대를 살면서도 매일
아름다움을 발견해내던 그 사람을 닮았으니까.
엉망으로 실패하고 바닥까지 지쳐도 끝내는 계
속해냈던 사람이 등을 밀어주었으니까. 세상을
뜬 지 십 년이 지나서도 세상을 놀라게 하는 사
람의 조각이 우리 안에 있으니까."[3]

정세랑이 종이 위에 한가득 펼쳐놓은 아
름다움을 마주하면, 아름다움으로 향하는 그 견
고한 신뢰 앞에 서면 자꾸 기가 죽는다. 어쩐지
나에게는 입장을 허락해 주지 않을 것만 같은 세
계라서 그렇다. 선함을 있는 그대로 받아들이지
못하는 내 못난 버릇이 내 발목을 붙잡고 늘어질

3 정세랑, 『시선으로부터』, p.331

게 뻔해서 관심 없는 척하고 돌아선다. 강화 여행을 마친 후, 오락가락한 마음을 또 글방에 써 갔다. 평소라면 유야무야 흩어졌을 기억인데, 매주 뭐든 써야 하니 그날의 열받음마저 글감이 됐다. 담과 글방 동료들이 한데 모인 자리에서 열등감을 털어놓다가 각자 부러워하는 작가와 좋아하는 글의 온도를 나눴다. 떠드는 사이, 뾰로통하게 굳었던 입가가 슬슬 풀어졌다. 정답을 찾지 못해도 충분한 대화였다. 서로 이름도 생김도 모르는 내 친구들과 글방 동료들이 접속하는 시간이기도 했다. 아마도 그때였던 것 같다. 현민이 문득 보고 싶어졌다. 걔를 미소 짓게 할 글을 쓰겠다고 생각하니 뺨이 달아올랐다. 슬럼프인지 번아웃인지, 그도 아니면 그저 태만인지 모를 시기에서 빠져나오는 순간이었다.

　　정세랑은 멋지고 똑똑하다. 현민도 마찬가지다. 엉망진창에서도 긍정을 길어 올리는 통찰력, 무작정 버티는 것이 아니라 스스로 변화를 궁리하는 성숙한 태도. 나는 두 사람을 닮고 싶기도 하고, 두 사람과 대차게 어긋나버리고 싶기도 하다. 정세랑처럼 대단하지 않아도, 세상에 이미 나온 책과 작가에 비해 훨씬 무르고 약한 채로도 현민에게 잘했다는 칭찬을 듣고 싶다. 이해한다는 말보다 이해할 수 없다는 말을 기다린다. 너는 그와 전혀 달라. 너와 나 사이에는 아주 큰 차이가 있는 거야. 그렇게 영영 포개지지 않는 지점을 발견한 후에도 우리가 계속 우리로 남기를 원한다. 나는 정세랑이 아니라 현민을 향해 *끄적인다*. 싫지는 않지만, 조금 밉기는 하다고. 언젠가 너의 '최애'가 나로 갱신되는 날을 몰래 꿈꿔보기도 한다고.

요새도 현민의 빽빽한 책장을 구경할 때면 여전히 손톱을 잘근거린다. 지난 계절에 글방 동료들이 공유해 줬던, 나는 결코 쓰지 못할 빛나는 글들을 읽으면서도 그랬다. 질투가 동력을 개발할 수 있을까? 경쾌함 대신에 눅눅함을 좇으면서도 기운차게 내달려 볼 수 있을까? 사소한 것에 열심히 안달하다 보면 거대한 것을 끌어안을 만큼 품을 넓힐 수도 있을까? 물음표가 사방에 수두룩하다. 내가 뭘 쓰든 쓰지 않든 현민은 나를 사랑하겠지만, 그렇다고 말하겠지만, 어쩌면 내가 만들어낸 뭔가에 힘입어 걔한테 조금 더 사랑받을 수 있을지도 모른다는 생각이 든다. 아직은 믿음이 아닌 의심이 내 시선을 좌우하나 보다. 그래서 말인데, 현민아. 너의 취향이라고는 할 수 없는 절망과 추악함이 너를 끈적하게 덮을 때, 그 순간에 네 곁을 지키는 이는 나였으면 좋겠다. 콩콩콩.

Ⓒinema Ⓐnd Ⓣheater

Ⓒ 〈포카혼타스〉(1995)
감독: 마이크 가브리엘, 에릭 골드버그

유서 쓰는 밤

오기가미 나오코는 데뷔작 <요시노 이발관>(2004)부터 근 20년간 공동체에 관해 이야기한 감독이다. 결핍을 지닌 개인이 더불어 사는 삶이란 어떻게 가능한지 질문하면서, 그는 세상에 존재했으면 하는 최후의 보루를 상상하는 듯하다. 대다수 영화는 필연적으로 현실과 격리된 이상 지대에 치중한다. 인적 드문 헬싱키 골목에 일식당을 연 <카모메 식당>(2006) 주인공을 따라 출신지와 접점이 전혀 없는 나라로 이동하는가 하면, <안경>(2007)에서는 평온한 일상을 되찾고자 휴대전화도 터지지 않는 바닷가로 터전을 옮긴다. 오기가미 나오코는 대중에게 익숙하거나 역량이 과대평가된 대도시에서 벗어나 전통적 개념의 마을과 동네를 복원하려 한다. 눈에 보이는 풍경만큼 인물은 느긋하고, 무해하다 싶을 정도로 소소한 에피소드가 드라마를 채운다. 고립이 아닌 고독을 선택한 구성원 덕분에 영화 속 공동체는 일면 풍요를 누리는 듯하지만, 정신적 차원의 함양을 강조하는 방식은 내게 때때로 의문을 남겼다. 현실을 회피하며 상처를 보듬으려 하거나, 심지어 어떤 해악도 없는 무균 상태를 꿈꾸는 것처럼 다가와서였다.

그러나 '슬로우'와 '미니멀'이라는 표어를 앞세워 생활의 리듬과 규모를 재정립하려 했던 감독의 시도는 <그들이 진심으로 엮을 때>(2017)를 기점으로 포용력의 실체를 고민하는 데 다다른다. 다소 안온한 낙관에 머무는 듯했던 감독은 그 영화에서 트랜스젠더 여성을 중앙에 불러냈다. 젠더 차별, 학교 폭력, 돌봄 노동 등 사회가 직면한 문제를 영화에 끌어들였으며, 이는 애초 개인이 거부하거나 초월하는 식으로 해결할 수 없다는 점에서 이전 작품이 마련한 토대와 사뭇 차이를 보였다. <강변의 무코리타>(2023)는 거기서 한 발짝 더 나아간다. 오기가미 나오코는 이제 삶을 컨트롤 가능한 영역에 묶어두지 않는다. 삶은 환상으로만 메울 수 없을 뿐 아니라 죽음과 동행하는 것이라고, 육신과 영혼은 따로 떨어질 수 없고 차라리 서로 맞물려 생의 무게를 지탱한다고 말한다. 그러한 변화를 목격한 순간, 두 가지 글을 쓰고 싶어졌다. 하나는 리뷰였고,

또 하나는 유서였다.

　　강변에 위치한 작은 마을, 딱 봐도 빈털터리 도망자 같은 야마다(마츠야마 켄이치)가 도착한다. 그는 일단 취직이 예정된 젓갈 공장부터 방문한다. 연고도 없는 지역으로 내려온 이유는 당장 먹고살 길이 요원하기 때문이고, 자신을 아는 이가 아무도 없기를 바라기 때문이다. 작업 반장은 야마다에게 거처까지 마련해 주며 "누구든 다시 시작할 기회는 있는 법"이라고 다독인다. 이방인을 향한 호의는 오기가미 나오코 영화에 으레 등장하는 것이지만 야마다의 반응은 남다르다. 그는 약점을 들킨 사람처럼 떨떠름한 표정을 짓는다. '다시 시작할 기회'를 언급했다는 것은 자신의 과거를 안다는 뜻이니까. 어쨌거나 야마다는 반장이 소개한 '무코리타 연립주택'에 거주하며 집과 공장을 오가는 생활에 적응해 나가기 시작한다. 영화의 서사 구조와 인물 관계는 무코리타 연립주택 설계도를 그대로 옮겨 놓은 듯하다. 야마다는 물리적으로나 정서적으로나 벽을 치고 살아가는데, 사실 이곳은 각자 분리된 공간에 거주한다 해도 오며 가며 타인을 마주칠 수밖에 없는 환경이다.

프레임 가득 야마다만 들어오던 집에 이웃 주민이 하나둘 모여들면서 무코리타 연립주택은 마을의 축소 모형처럼 변해 간다. 인물들은 제 앞을 가로막은 벽이 무용하게 언제든 옆집으로 건너갈 수 있고, 영화는 그들을 뒤따르며 또 다른 소식과 사연을 연거푸 풀어 놓는다. 카메라는 강과 들판, 단층집이 이루는 수평적 조화에 집중한다. 모든 인물의 삶을 동일선에 놓는 것처럼 단조로운 풍경이 이어지지만, 앞서 말했듯 <강변의 무코리타>는 갈등을 무력화하는 공간에 기대어 평화를 주장하려고 하지 않는다. 이곳은 폭우가 내리면 강이 범람하고 집과 텃밭이 무너지는 위태로운 지역이다. 주민들은 파괴를 직감하며 두려움에 몸서리치고, 노숙자와 빈자는 태풍이 휩쓴 자리에서 망연자실하게 멈춰 선다.

현재를 지배하는 불안은 자연재해와 가난만을 의미하지 않는다. 절연했던 아버지의 부고를 접한 야마다, 자식을 잃은 시마다(무로 츠

190

요시)와 남편을 떠나보낸 미나미(미츠시마 히카리), 아들과 함께 검은 양복을 입고 묘석을 팔러 돌아다니는 미조구치(요시오카 히데타카) 등 무코리타 연립주택 사람들은 죽음과 가깝다는 공통점을 지닌다. 위기를 접할 때마다 망자를 떠올리는, 죽음을 껴안고 하루하루 사는 이들에게 공동체란 무엇일까. 야마다는 그를 괴롭히는 질문을 내뱉는다. 내게 과연 행복할 자격이 있는가. 누군가를 사랑하며 마음 놓고 웃어도 괜찮은가. 영화는 인물들이 피부 아래 숨겨 놓은 누추한 감정을 곱씹어 내린 끝에, 죽음에는 주어지지 않지만 삶에는 존재하는 귀중한 것을 제시한다. 그것이 바로 "다시 시작할 기회"다. 재도전을 전제하는 '다시'라는 말은 단번에 성공하지 못하는 인간의 취약성을 드러내지만, '기회'는 삶을 지속하는 한 서로 주고받을 수 있는 선물이자 애써 행복으로 나아가려는 의지를 가리킨다.

야마다를 포함해 영화 속 인물들은 저마다 죽음을 애도하는 여정에 들어선다. 이는 자신 곁에 없는 이를 그리워하는 일을 넘어서, 먼저 떠난 이를 어루만지는 의례로 나아간다. 사는 동

안 '다시'와 '기회'를 수없이 거치느라 고생했다
고, 이제 푹 쉬라고. 영화에서 유난히 눈에 띄는
장면이 있다. 미나미가 집안에 간직한 남편의 유
골을 꺼내어 만지는 장면이다. 오기가미 나오코
는 그간 인물을 무성애적 존재로 그리고는 했고,
공동체의 핵심은 과묵하고 지혜로운 여성인 경
우가 대부분이었다. 인물에게 생동감을 불어 넣
으며 유머를 가미하기는 했지만, 육체를 족쇄로
여기거나 육체의 한계와 무관하다는 점에서 인
물은 종종 비현실을 자처했다. <강변의 무코리
타>는 여성을 성애적 존재로 묘사한다는 면에서
놀라움을 안긴다. 미나미는 남편의 뼈를 쓰다듬
고 핥는다. 몸 이곳저곳에 뼈를 갖다 대며 문지
르는 행위는 에로틱하면서도 슬프다.

　　　영화는 구체적 표현을 삼가며 모호한 구
석을 남겨 놓지만, 그 순간 뼈는 분명히 피와 살
을 지닌 육신으로 치환된다. "인간은 동물"이라
는 사실을 자각할 때마다 혐오와 공포를 느낀다
고 고백했던 미나미는 그렇게 죽은 남편을 애무
하고 남편과 섹스한다. 이 장면엔 생사가 밀착된

삶의 단면이 노출될 뿐만 아니라, 감독이 지금껏 들여다볼 기회를 주지 않던 정념이 짙게 자리한다. 행복과 연결의 중요성을 다시금 전하는 동시에, 외로움과 절망 역시 인생에서 떼어내기 어렵다는 사실을 인정하는 영화. 나도 양쪽을 동시에 이야기하고 싶었다. 죽음을 상상하면 너무 막연했다. 비단 나이 때문만은 아니었다. 때로는 여태 안 죽고 살아 있다니 억세게 운 좋다는 생각이 들었고, 그럴수록 사는 것이 민망해서 버거웠다. 앞선 죽음에 빚진 마음을 갖는 삶이 타당한지도 알 수 없었다. 결국 죽음을 막연하게 여긴다는 것은 삶을 대하기가 막막하다는 뜻이었다. 어떻게 살아야 할지 모르기에 어떻게 죽을지도 몰랐다.

　　<강변의 무코리타>를 보고 나서 한밤중에 유서를 썼다. 삶을 고민하는 것은 힘에 부치니, 거꾸로 죽음을 들춰 보기로 했던 것이다. 마지막으로 남기고 싶은 말이 무엇인지 고민하며 끄적이다가 얼마 못 가서 전부 지웠다. 대신에 인터넷에서 기획서 양식을 다운로드했다. 문서

첫머리에 이렇게 적었다. [기획서] 차한비 장례 잔치. 삶이 그러하듯 죽음도 뜻대로 흘러가지 않겠으나, 장례식 정도는 직접 기획해볼 수 있지 않을까 하는 생각이었다. 늙어 죽든 아파 죽든 맞아 죽든 나는 틀림없이 죽을 테고, 그때를 상상하며 욕심 낼 만한 것은 오직 하나였다. 부디 내가 사랑하고 나를 사랑하는 사람이 내 끝을 봐주기를. 내 영혼을 아는 이에게 육신을 맡기고 싶었다. 야마다가 결국엔 죽은 아버지의 집에 방문하여 삶의 흔적을 마주하듯, 미나미가 남편의 유골과 함께 바다에 눕듯, 그리고 무코리타 연립주택 사람들이 동네 한 바퀴를 돌며 그 모든 생을 배웅하듯. 곧장 네 명의 친구가 떠올랐다. 현민, 경완, 연지, 은지. 내 외로움과 절망을 완전히 소거해 주지 못하면서도 행복과 연결을 날마다 되새기게 하는 사람들.

우리는 언제부턴가 당연하게 우리였다. 그저 단골 술집이 같다는 이유로 친해져서 계절마다 나들이를 떠나고 생일이 되면 동그랗게 둘러앉아 촛불을 분다. 김장을 하고 만두도 빚는다. 나는 마감에 닥치면 며칠씩 카카오톡 단체방 대화에 끼지 않다가도 조금 힘들거나 조금 기쁜 일이 생기면 친구들에게 쪼르르 달려간다. 퇴사한 날도 실연한 날도 그들 품에 안겨서 울었고 어쩌다 밖에서 칭찬이라도 듣는 날엔 그들 안으로 들어가 시시콜콜 자랑을 늘어놓았다. 말하자면 친구들이 나의 무코리타 연립주택이다. 동네가 달라도 옆집에 사는 듯한 기분으로, 어느 때고 그들 집의 현관문과 냉장고를 벌컥 열어 젖히면서 신세 지고 있다. 기획서를 작성하고 나서 친구들에게 전송했다. 얼마 후 다 같이 모인 자리에서 술김에 낭독까지 했다. 나름 산뜻하게 썼다고 여겼는데 읽다 보니 눈물이 났다. 나 죽으면 이렇게 해라 저렇게 해라 온갖 요구사항을 늘어 놓으며 내가 그들보다 먼저, 우리 중에 가장 빨리 세상을 떠난다고 가정해서였다. 친구들 뒤를 볼 자신은 없는 주제에 내 뒤는 봐달라고 으름장을 놓다니, 친구들이 핀잔한 대로 뻔뻔했다. 그래도 뭐 어쩌란 말인가. 가는 데 순서 없다지만 쓰는 데는 순서가 있다. 기왕 기획서까지 썼으니 효력이 발동해서 이참에 친구들이 오래오래 살아주면 좋겠다. 현재로서는 내가 꿈꿀 수 있는 삶이란 그런 것이다.

　　※ 기획서는 별도 첨부합니다.

[기획서] 차한비 장례잔치

1. 시작하기 전에

• 본 기획서는 차한비 사망 시 유언 효력을
갖는다.

• 해당 문서 열람 권한은 연지, 은지, 경완,
현민에게 있으며 아래 내용의 실행 여부 또한
그들에게 맡긴다.

• 따라서 친구들아, 이제 눈물을 닦고 머리를
굴려주길 부탁하는 바다.

2. 기획 의도

2.1. 죽음이란?

A. 이별을 받아들일 경우

우리는 더는 한 공간에 머무를 수 없다. 볼 수도
없고 들을 수도 없고 만질 수도 없으므로 새로운
추억을 만드는 것 역시 불가능하다. 그리움을
쌓아가다 보면 어떤 기억은 뚜렷해지겠지만,
대부분은 희미하게 휘빌하고 말 것이다. 그렇게
서서히 헤어질 수 있다.

B. 그럼에도 재회를 기약할 경우

다음에 하늘에서 만나자, 같은 이야기를 하려는
것은 아니다. 그러고 싶지만 확신할 수는
없다. 다만, 예기치 못한 순간에 너는 나와
어깨를 부딪히게 될지도 모른다. 네가 나와
비슷한 사람을 만났을 때 혹은 나와 너무 다른
사람을 만났을 때, 내가 좋아하던 디저트를
먹거나 노래를 들을 때, 그리고 문득 이 잔치를
떠올렸을 때 우리는 잠시 재회한다.

2.2. 장례란?

A. 전통적 의미의 경우

장례, 장사를 지내는 일 또는 그런 예식. 죽은
사람의 시신을 처리하는 절차를 지칭하는
용어이자 죽음을 받아들이는 의식 행위이기도
하다. 망자를 존중하며 예를 다하는 과정으로서
마땅히 엄숙한 분위기에서 치러야 한다.

B. 차한비의 경우

알다시피 나는 여러 사람과 만나는 일에

스트레스를 느낀다. 늘 좁고 깊은 관계에
만족해 왔고, 파티에 초대 받으면 뒤로 내빼기
일쑤였다. 특히 결혼식이나 장례식 등 온갖
식에는 거짓말을 일삼으며 불참하곤 했는데,
내 장례식이라고 다를 리가 없다. 만약 영혼이
있다면, 나는 장례식장에서 앉지도 서지도
눕지도 못한 채 질린다는 표정으로 사흘을
버텨야 할 거다. 따라서 아래의 지침에 근거해
장례를 치러주길 부탁하는 바다.

3. 행사 개요

• 일시: 미정(스스로 목숨을 끊는 일은 없을
거라고 단언한다. 너희 덕분에 그런 용기는
사라졌으니, 나는 평범하게 질병 혹은 사고로
사망할 예정이다.)

• 장소: 미정(한국에는 장례식장도 많고
식장마다 빈소도 넉넉하니 대책 없이 갔다고
탓하지 말기를!)

• 행사 소개: '차한비 장례잔치'는 관습적
개념의 장례식에서 탈피하여 일종의 네트워킹

파티로서 기능한다. 죽음을 축하할 것까지야
없지만 마냥 골치 아픈 일로 생각할 필요도
없다. 다들 아까운 시간과 에너지를 들여
참석하는 만큼 편안한 분위기에서 한 번이라도
더 웃고 가길 바란다. 이는 차한비를 아끼는
마음으로 견뎌 온 친구들에게 소통과 교류의
장을 마련하기 위함이다. 참석자는 총 스무 명
안팎으로 서로 잘 몰라도 한 마디씩 나눠 보면
금세 '아, 얘가 말로만 듣던 개로구나' 싶어질
것이다. 이 행사는 우리끼리는 자유롭지만
밖에서 보면 폐쇄적인, 우리가 살면서 으레
경험해온 그렇고 그런 만남 중 하나가 될
가능성도 있다.

4. 역할 배분

A. 연지

• 역할: 먹거리와 마실 거리

• 이유: 잔치에서 가장 중요한 것은 음식!
연지는 내가 만난 최고의 요리사다. 상상력이
풍부하고 손이 크며 지휘 능력 또한 탁월하다.

연지는 메뉴를 직접 선정하고, 필요한 만큼 사람을 고용할 수 있다. 모든 음식은 비건으로 제공될 것이며 술도 종류별로 아쉬움 없이 마련해 놓을 것이다.

B. 은지

• 역할: 공간 선정, 참석자 응대

• 이유: 은지는 잔치에 적합한 공간을 찾고, 행사 기간 동안 참석자를 응대한다. 우리 중 누구보다 기민하고 섬세하며 포용력 또한 우수하기에 적임자라고 본다. 은지는 참석자의 조건과 상황을 고려하여 공간을 꾸미고 그들 모두를 적당히 환영함으로써 편안한 분위기를 마련할 것이다.

C. 경완

• 역할: 사회자, 초대 가수

• 이유: 특유의 유쾌함으로 행사를 매끄럽게 이어가는 동시에, 여러 결혼식에서 축가를 부른 경험을 토대로 이번 행사에서도 멋진 노래를

들려주길 바란다. 신청곡은 신디 로퍼의 'Time
after time'과 김동률의 '동행'이다. 전자는
나의 취향을, 후자는 경완의 선호를 우선하여
선택했으니 차별 없이 둘 다 잘 불러야 한다.

D. 현민
• 역할: 예산 수립 및 정산 등 회계 전반
• 이유: 현민은 평소 현실적이면서도 철저하게
계획을 세우기로 정평 나 있다. 플랜B를
마련하는 준비성, 목표 달성을 향한 의지,
맡은 바를 끝까지 해내는 책임감, 각종 컴퓨터
프로그램을 다루는 뛰어난 능력 등 회계
총책임자로서 더할 나위 없는 역량을 갖췄다.
넉넉하지도 않은 돈을 쪼개 쓰려면 꽤나 머리
아프겠지만, 너 말고 누가 하겠니?

5. 유산 처리
• 돈: 현재 수준에서 예상해보면 적금과 청약,
보증금을 합해서 오천만 원 가량 나올 것이다.
우선 장례잔치 진행과 사후 처리에 필요한

돈을 이 안에서 해결한다. 남은 돈은 '청소년
성소수자 지원센터 띵동'에 전액 기부한다.

• 물건: 친구들은 책, 옷, 전자기기 등 원하는
물건을 나누어 갖는다. 이외에는 폐기 처리한다.

• *주의: 일기장은 들춰볼 생각 말고 고이
버려주길 바란다. 저 세상에는 쥐어뜯거나 발로
찰 이불도 없을 텐데… 수치를 감당할 자신이
없다.

6. 끝내며

A. 참석자에게 드리는 말씀

장례잔치에 와주셔서 고맙습니다. 부고와 함께
전달한 대로 조의금은 정중히 거절합니다. 대신
연지, 은지, 경완, 현민의 이야기를 잘 들어
주시길 부탁드립니다. 여기서 말하는 '잘'은
인내심을 의미할 지도 모르겠습니다. 저들이 한
얘기를 또 하고 또 해도 찌푸리지 말아주세요.
보통은 훨씬 유머러스하고 눈치 좋은
사람들인데, 상황이 좀 그렇잖아요? 맛있는
음식과 따뜻한 공기, 걸출한 노래에 기대어 저를

좋아하는 만큼 그들을 너그럽게 바라봐 주시길
바랍니다. 어쩌면 그들과 여러분이 새 친구가
될 수도 있겠지요. 그럼 정말 정말 기쁠 겁니다.
덕분에 즐거웠습니다. 안녕히 계세요.

B. 연지, 은지, 갱, 현민에게 전하는 말
그동안 나를 웃기고 울려 줘서 고마워. 웃음과
울음이 사랑을 증명하지는 않겠지만, 너희에게
사랑한다고 말할 때는 어떤 망설임도 의심도
없었어. 이제 죽는구나 싶을 때, 아마 나는
둥그렇게 둘러앉아 함께 촛불을 끄던 장면을
떠올릴 거야. 나처럼 귀여운 친구를 또 만나기는
어렵겠지? 그래도 힘내서 살아 봐. (아, 진짜
내가 먼저 죽어서 다행이지 뭐야.)

Ⓒinema Ⓐnd Ⓣheater

Ⓒ 〈강변의 무코리타〉 (2023)
감독: 오기가미 나오코
출연: 마츠야마 켄이치, 무로 츠요시, 미츠시마 히카리

당신의 처음이 되는 일

겨울은 비수기다. 정초부터 들이닥친 정적이 입춘을 지나고 경칩을 넘도록 이어진다. 기약 없는 겨울 방학, 아니 기나긴 일시 휴업에 접어드는 셈이다. 프리랜서로 맞이한 첫 번째 겨울은 적금을 해지하며 얼렁뚱땅 넘어갔다. 당황스럽고 속이 쓰리기도 했지만 모처럼 일의 긴장에서 벗어나자 긍정 회로가 절로 돌아갔다. 때마침 잘 됐어. 이만하면 쉴 타이밍이지. 가슴을 쫙 펴고 발리행 비행기 티켓을 결제했다. 앞날을 모르는 자의 대책 없는 낙관이었다. 두 번째 겨울도 더없이 고요했다. 그제야 이것이 한 번으로 끝나는 이벤트가 아님을 알아차리고 비수기라 명명했다. 나날이 빈약해지는 통장 잔고를 실시간으로 확인하며 손톱을 물어뜯었다. 전화는 울리지 않고 메일함은 시시했다. 아무도 내게 뭔가를 제안하거나 요청하거나 부탁하지 않았다. 인기 없는 가게의 주인이 된 기분으로, 닫힌 문을 바라보는 심정으로 새로고침 버튼만 반복해서 눌렀다. 혹시 문이 잠겨서 못 들어오는 건 아니겠지? 인터넷 연결 상태와 전화 수신 기능은 멀쩡했다.

그 후 세 번째, 네 번째, 다섯 번째 겨울을 겪었다. 비수기를 예상한다고 해서 사는 모양이 딱히 달라지지는 않았다. 대안을 마련하기가 요원한 데다 사실상 지난 3~4년간은 코로나19의 여파에 대처하기만도 벅찼다. 이제 매 순간 발을 동동 구르지는 않지만, 불안을 다스리는 방법 몇 가지를 겨우 터득했을 뿐이지 불안에서 완전히 풀려난 것은 아니다. 올 초에도 달력을 노려보며 마음속에 굽이굽이 시름을 쌓았다. 대문 밖에 봄이 왔다는데, 개구리는 물론이고 삼라만상이 겨울잠에서 깬다는데 나만 여태 언 땅에 묻혀 있는 듯했다. 이 정도로 일이 없을 일인가. 혹시 나 일 되게 못 한다고 소문이라도 났나. 이놈의 영화판이 끝내 날 안 껴주고 내치는구나. 나를 향한 걱정과 의심은 어느새 내가 일하는 영역에 대한 불신과 원망으로 번져 갔다. 경험에 비추어 판단하건대 그쯤에서 자중하는 것이 현명했다. 한겨울에도 이 판의 누군가는 땀나게 뛰어다닌다. 예산 집행하랴, 사업 기획하랴 골머리를 앓으며 회의하고 보고서를 쓴다. 그리고 '3말 4

초'가 되면 드디어 반가운 소식이 도착한다. 배급사는 영화를 개봉하고 극장은 기획전을 개최한다. 각 지역 미디어센터가 신규 강의 계획안을 공개하며 책과 잡지가 출간된다. 무엇보다 영화제 일정이 하나둘씩 고지된다.

봄이 무르익으면 바야흐로 성수기. 더는 달력을 노려볼 틈이 없다. 5월 전주국제영화제를 시작으로 시간은 쏜살같이 내달린다. 6월 무주산골영화제, 7월 부천국제판타스틱영화제, 8월 서울국제여성영화제와 정동진독립영화제, 9월 DMZ국제다큐멘터리영화제, 10월 부산국제영화제, 12월 서울독립영화제까지 당장 떠오르는 곳만 간추려도 일정이 꽉 찬다. 영화제는 갓 태어난 미지의 영화들을 관객에게 선보이는 공간이고 내게는 중요한 일터이기도 하다. 그곳에서 나는 올해 등장한 작품들의 특징을 파악하고 내년 개봉작을 미리 감상하며 글감을 얻는다. 자연스레 성수기에는 영화제를 기준으로 한 해 흐름을 가늠한다. 전주에서 콩나물국밥 먹으며 '올해가 시작됐군' 하고 부산 해운대를 산책하며 '올해도 끝이 보이네' 하는 식이다. 짐을 싸고 풀기를 반복하다 보면 가끔 숨이 차다 싶을 만큼 시간이 빠르게 흐른다고 느낀다. 단지 새로운 영화와 일거리가 밀려들어서만은 아니다. 그와 동시에 새로운 사람과 인연, 즉 수많은 신인에 둘러싸이기 때문일 거다. 심지어 그들 대부분은 내게 처음이라고 말한다.

자기소개를 좋아하는 사람도 있을까. 어쨌든 나는 아니다. 자기소개가 싫다는 이유로 종종 첫 수업과 첫 모임에 빠졌고 첫 미팅을 미뤘다. 나는 여럿이 모인 자리에서 한 명씩 돌아가며 이름, 나이, 선호 등을 밝히는 이 단순하고 무자비한 형식에 반대한다. 간혹 잔인할 정도로 호기심이 왕성한 진행자를 만나는 경우, 생판 모르는 남들 앞에서 향후 목표와 포부까지 발표해야 한다. 내 순서가 다가올수록 심장이 조여든다. 최대한 눈에 안 띄고 무난하게 넘어가고 싶은데 긴장한 나머지 목소리가 갈라진다. 다들 내 쪽을 힐끔거리면서 정중하게 웃음을 참는다. 얼굴이 벌겋게 달아오르고 등이 젖기 시작하고… 어머,

상상만 해도 끔찍하다. 누구도 예외 없이 이 관문을 거쳐야 한다니 사회의 병폐로 지적하고 싶을 정도다. 기실 낯선 자리에서 분위기를 살피며 자신을 적절히 드러내기란 쉽지 않다. 첫 만남은 정말이지 너무 어렵다. 하지만 누구에게나 처음은 있고 어떤 첫 만남은 피하려야 피할 수가 없다. 특히 내가 그 잔인하리만치 호기심이 왕성한 진행자 역할을 맡는 경우라면, 애초 도망갈 구멍은 없다고 봐야 한다.

영화제를 통해 다양한 업무를 경험한다. 상영작 심사, 프로그램 노트 작성, GV와 무대인사 진행, 토크 프로그램과 인터뷰 등 일의 내용과 방식이 각기 다르다. 다만, 방향은 동일하다. 결국 그 영화를 관객에게 잘 소개하는 것이 내가 할 일이다. 평소와 차이가 있다면 영화제에서는 처음이 될 가능성이 높다는 점이다. 나는 해당 작품에 관해 처음으로 글을 쓴 필자가 되기도 하고, 감독이 만난 첫 번째 모더레이터나 기자가 되기도 한다. 관객에게는 영화의 첫인상을 그려 공유하고 제작진에게는 관객의 첫 반응을 대신

전한다. GV를 시작하기 직전에는 늘 긴장한다. 어수선한 침묵을 깨고 첫마디를 내뱉는 사람이 나라니. 게다가 나는 옆에서 진땀 흘리는 이에게 한껏 여유로운 목소리로 주문하기까지 한다. "인사와 소개 먼저 부탁드릴게요." 영화제 GV 진행자의 일은 따지고 보면 소개팅 주선자의 그것과 흡사하지 않을까. 내가 소개하는 영화는 주로 누군가의 데뷔작이고, 여러 화자를 거치며 다각도로 논의된 작품이 아니라 이제 막 세상에 제 존재를 알린 작품이다. 말하자면 이 영화와 이 영화를 만든 이는 아직 자기소개에 능숙하지 못하다. 자신의 장단점이 무엇인지 정확히 모르고, 의도를 벗어난 해석과 감상을 맞닥뜨리면 표정에서부터 난처하다는 티가 난다.

첫 소개팅이라고 가정하면 건너편에 앉은 이들은 절대 만만치 않은 상대다. 예리한 관객, 집요한 관객, 따뜻한 관객, 냉담한 관객, 영화에 마음을 준 관객, 마음을 줄지 말지 고민하는 관객. 노련함도 비할 바 없거니와 숫자마저 치우친다. 사람은 저쪽이 훨씬 많은데 말은 이쪽이 계속한다. 영화제 GV에서 신경 쓰는 부분 중 하나는 완급 조절이다. 주어진 시간은 한정되어 있고 질문하려는 사람은 여럿이다. 모든 궁금증을 해소하기란 현실적으로 불가능하다. 가급적 많은 이야기가 오갈 수 있도록 노력하지만 그 속에서 감독을 대답하는 기계로 만들고 싶지는 않다. 자신에게 알맞은 양과 속도를 벗어난 채 무리해서 말하다 보면 탈이 난다. 문장 어미가 흐트러지고 저도 모르게 한숨이 새어 나온다. 어색함에 못 이겨 굳은 어깨가 더 쪼그라들면서 짓눌리는 기분을 떨쳐 내기가 어려워진다. 그 모습을 보고 듣는 이들도 괴롭긴 마찬가지다. 쳇바퀴 도는 대화가 지루한데 중간에 상영관을 나가자니 민망해서 그냥 앉아 있는다. 난 우리의 첫 만남이 그러지 않기를 바란다. 소개팅 주선자로서 내가 기대하는 건 '오늘부터 1일'이 아니라 애프터 가능성이다. 서로 첫눈에 반하지 않더라도 괜찮다. 오늘은 그저 약간의 여지를 남길 수만 있다면, 살짝 여운을 느끼며 헤어진다면 우리의 첫 만남은 충분히 좋은 것이다.

당신의 처음이 되는 일은 처음을 축하하며 처음이 지나간 이후를 응원하는 일이다. 첫 번째였던 내가 두 번째, 세 번째, 그러다 마흔 번째 만남을 여는 사람이 될 수도 있기를 내심 바라는 일이다. 영화제 출장은 피곤하다. 달마다 집을 떠나 장돌뱅이처럼 캐리어를 끌고 다니면 여독이 쌓인다. 조금 외롭기도 하다. 일을 마치고 숙소에 돌아오면 내일 소개할 영화들 사이에 파묻혀 혼자 밤을 보낸다. 누구든 붙잡고 징징대고 싶은 마음이 굴뚝 같은데 어디서든 의젓한 척하다 보니 이따금 고장나기도 한다. 친한 동료와 친구는 신통해한다. 자기소개마저 질색하는 내가 낯선 사람들 속에서 마이크 잡고 떠들고 있으니 그럴 만하다. 돈 받고 일하는 입장에서 본분을 다해야 한다는 생각으로 버티는 것이 기본이지만, 기 빨려 죽겠다고 하소연하는 와중에도 잘하고 싶은 마음이 드는 걸 보면 기를 뺏기지만은 않는 듯하다. 불안하고 조용한 겨울을 넘어서 마주한 활력이 자못 반갑다. 영화제 특유의 들뜬 기운과 신인이 뿜어내는 청신한 에너지가 나를 무릅쓰게 한다. 부끄러움을 무릅쓰고 여유를 가장하며 5월부터 12월까지 달리도록 힘을 불어넣는다.

　　팬데믹을 기점으로 영화 망했다는 소리를 밥 먹듯 듣는다. 솔직히 영화는 망해도 난 안 망했으면 좋겠다. 근데 따져보면 나야 어차피 글렀으니 영화라도 무사하길 기원한다. 내 무사는 내게 달려 있지만 영화까지 내가 책임져 줄 순 없는 노릇 아닌가. 둘 중 하나만 골라야 한다면 더 어려운 소원을 비는 편이 낫다. 객관적 수치가 예고하는 미래와 별개로, 매해 새로운 얼굴들을 마주한다. 기어코 영화라는 걸 만들어서 나타나는 이가 있고, 그에 화답하듯 훨씬 많은 얼굴이 객석을 메운다. 이쪽도 저쪽도 오래전부터 기다려 온 것처럼 눈을 빛내면서 첫 만남을 준비한다. 다시 한번 말하면 영화제는 애프터 가능성을 확인하는 장소다. 현실을 모르지야 않지만 영화가 망하지 않을 거라고 착각하기로 했다. 지금도 어디선가 영화를 찍는 누군가처럼, 지금도 어디선가 영화를 보는 누군가처럼 나는 나대로 미래를 오해하고 싶다. 결국 부지런한 오해가 이해 아닐까, 그런 마음이다. 아직은 비수기보다 성수기가 길고 당신의 처음이 되는 일은 꽤 근사하다.

Ⓒinema Ⓐnd Ⓣheater

Ⓐ 주요 출장 일정

아래 영화제를 중심으로 출장을 계획한다. 대개 빠르면 개막 한 달 전,
늦어도 2주 전에는 영화제 공식 홈페이지에 프로그램과 상영시간표가
공개된다. 영화제에서 일을 맡기고 작품을 배당하는 시기도 그와
비슷하다. 참고로 GV 진행할 작품을 모더레이터가 직접 선택하는 거냐고
묻는 분들이 가끔 있는데, 내 경험으로는 전혀 아니다. 주는 대로 받는다.
그러니 점점 운명의 힘을 믿게 될 수밖에.

• 5월 전주국제영화제
• 6월 무주산골영화제
• 7월 부천국제판타스틱영화제
• 8월 서울국제여성영화제 & 정동진독립영화제
• 9월 DMZ국제다큐멘터리영화제
• 10월 부산국제영화제
• 12월 서울독립영화제

사기를 충전하는 법

벌써 십 년도 더 지난 일이다. 이대 합격 통지서를 받고 나서 무지 걱정했다. 이제 난 어떻게 되는 거지? 돈 많고 꾸미기 좋아하며 머리는 텅텅 빈 '된장녀'가 될 것인가 아니면 못생긴 주제에 피해 의식에 사로잡혀 설치고 다니는 '꼴페미'가 될 것인가. 두둥. 내 미래는! 향후 진로는! 된장녀와 꼴페미, 그때만 해도 그것이 이대에 존재하는 대표적 부류라고 생각했다. 여성을 바라보는 왜곡된 (게다가 평균의) 시선인 줄 몰랐고, 이러한 혐오 표현이 돌림노래처럼 반복될 거라고 예상하지도 못했다. 막상 학교에 가보니 김이 샜다. 방학마다 가족 단위로 해외여행을 떠나는 부잣집 딸내미가 있는가 하면, 나처럼 복지장학금 받으려고 매 학기 동동거리는 가난뱅이도 적지 않았다. 대단히 다를 것 없는 세계였고, 울며 겨자 먹기 식으로 된장녀와 꼴페미 중 하나를 선택해야 하는 상황도 아니었다. 일단 노선을 정하기엔 데이터가 턱없이 부족했다. 머릿속에 입력된 된장녀와 꼴페미 상에 꼭 들어맞는 인물이 안 보이는데 어쩌란 말이냐. 1교시에도 풀메이크업하고 나타나는 애들은 멍청한 게 아니라 부지런한 거였다. 걔들은 시험 기간에도 누구보다 일찍 도서관에 나와서 출석 도장을 찍었고, 어학연수든 교직 이수든 자격증이든 늘 뭔가를 준비하느라 바빴다. 한편, 페미니스트가 되는 이유는 셀 수 없이 많아서 페미니스트의 모습도 참으로 다양했다. 잘생기고 못생기고 시끄럽고 조용하고 우울하고 밝고 소심하고 자신만만하고 부유하고 가난한 애들 모두 페미였다. 어쨌거나 여성학 수업에서 주고받은 대화와 무수한 실수 덕분에 나는 좀 더 관심사를 넓혔고, 얼마 지나지 않아 "너 된장녀 같아"라고 떠보는 쪽이나 "너 꼴페미냐?"라고 질색하는 쪽이나 한심하다는 걸 깨달았다.

졸업하고 구직 활동에 뛰어든 친구들은 면접 자리나 회사에서 "여대 나온 애들은 뻣뻣해서 싫다"는 말을 종종 들었다. "역시 이래서 안 된다니까"라는 혹평만큼 "근데 넌 좀 다르다"라는 칭찬 또한 친구들에게는 절망과 당혹을 안겼다. 나는 재학 중에는 물론이고 졸업 후에도 한

동안 내가 이대생이라는 사실을 감췄다. 새로운 관계를 맺는 과정에서 당연하다는 듯 출신 학교를 묻거나 알리는 것은 일종의 학벌주의라고 여겼기 때문이지만, 솔직히 말하면 내 출신을 공개해 봤자 득 볼 일이 없어서였다. 상대가 남성인 경우, 나는 어떤 반응이 돌아올지 순서와 멘트까지 정확히 예측할 수 있었다. 그는 먼저 위아래로 나를 훑어본다. 대놓고, 마치 흥미로운 물건을 발견한 것처럼. 다음에 나올 문장은 딱 둘로 나뉜다. "그렇게 안 보이는데" 혹은 "어쩐지 그럴 것 같더라", 어느 쪽이든 야유 섞인 평가였기에 나는 매번 언짢았다. 하지만 대미를 장식하는 문장은 따로 있었다. "어어~ 이대 나온 여자~~" 놀랍게도 다들 그 말을 하며 웃었다. 자신이 아주 그럴싸한 농담을 던졌다는 듯 한 명도 빠짐없이 자랑스러워했다. 처음엔 시간이 해결해 주겠거니 했는데 웬걸. <타짜>(최동훈, 2006) 개봉후 오 년이 지나고 십 년이 지나도 그 대사는 살아남았다. 강산이 두 번쯤 바뀐 지금도 누군가는 내 앞에서 과장된 톤으로 '여자 흉내'를 내며 "나

이대 나온 여자야!" 외친다.

정말이지 유구한 낄낄거림. 최동훈 감독은 이대생한테 '김혜수 선배와의 만남' 같은 자리라도 제공했어야 한다. 그러면 적어도 '대사는 구리지만 김혜수는 짱이니까' 하며 마음이 풀렸을지 모른다. 사실 그 대사는 너무 잘 써서 문제였다. 된장녀라는 신조어가 유행처럼 번졌던 시기, 이대 정문 앞 스타벅스에 들락거리는 여자에게 여자조차 반감과 의심을 품었던 상황에서 탄생한 명대사였다. 여자들만 모여 있는, '결격 사유'가 분명한 집단에서 뭐 좀 배웠답시고 고개빳빳이 들고 다니는 꼴이 미워서 어쩔 줄 모르던 남자들에게 통쾌함을 가져다줄 만한 순간이었다. 해당 장면으로 돌아가자. 평소처럼 잘 굴러가던 도박장에 비상등이 켜지고 경찰이 들이닥친다. 한 남자가 며칠만 구치소에 들어가 있으라며 훈계하자, 정 마담은 자신이 그런 곳에 어떻게 가냐며 신경질을 낸다. 범죄가 부끄러운 줄은 모르면서 범죄자는 되기 싫은 뻔뻔한 여자. 여태넘치는 성적 매력과 간교한 술수로 도박판을 쥐락펴락하던 콧대 높은 여자가 남자에게 앙탈 부린다. 그냥 대학도 아니라 "이대 나온 여자"로서 자존심을 구겼다는 거다. 그렇게 정 마담은 우습고 하찮은 존재로 전락한다. 관객이 읽어 낼 메시지는 분명하다. 저까짓 게 용을 써 봤자지. 여자가 다 그렇다니까.

정 마담의 망신을 내 망신처럼 받아들인 탓에 그 대사의 생명력이 이토록 긴 이유를 이해하기까지 시간이 좀 걸렸다. <타짜>를 다시 봤던 것은 <내가 죽던 날>(박지완, 2020) 개봉 후였다. 이미 오래전에 탈진한 사람처럼 보이는 얼굴, 생기를 지운 목소리, 대충 빗은 머리와 아무렇게나 걸쳐 입은 옷. 김혜수의 현수는 낯설었다. 하지만 비밀을 파헤치고 상처를 헤집는 고단한 과정을 요령 한 번 부리지 않고 완수하는 자세는, 그리하여 끝내 싸울 준비를 마쳤노라 선언하는 기백은 전혀 낯설지 않았다. 그건 현수의 것이자 김혜수의 것이었다. 김혜수가 지난 사십 년간 작품 안팎에서 거듭한 싸움이었고, 다른 누구도 아닌 오직 김혜수만 펼칠 수 있는 전술이었다. "나 이대 나온 여자야!"는 단지 시대와 인물을 효과적으로 연결한 대사여서가 아니라, 그 발화의 주체가 김혜수이기에 계속 회자된다. 문장 한 줄로 징 마담의 낙차를 설득할 만한 이는 드물다. 나도 알고 내 엄마와 할머니도 알며 내 친구의 딸도 아는 여자. 작품마다 고급과 저급을 왕래하고 대사에 유머부터 애수까지 천연덕스럽게 싣는 배우. 김혜수는 인기와 찬사, 구설과 비난 모두 자양분으로 삼은 것만 같다. 그는 말맛이 탁월한 이야기꾼이며, 상승은 물론 추락마저 눈부시게 표현할 만큼 다양한 기술을 익힌 싸움꾼이다.

그러고 보면 정 마담은 도박판의 설계자인 동시에, <타짜>를 끌어가는 화자였다. 오프닝에서 정 마담은 고니를 최고의 타짜라고 소개하며 화투를 이렇게 정의한다. "화투. 말이 참 예뻐요. 꽃을 가지고 하는 싸움. 근데 화투판에서 사람 바보 만드는 게 뭔 줄 아세요? 바로 희망. 그 안에 인생이 있죠. 일장춘몽." 단어와 단문으로 구성된 대사를 김혜수는 높은 옥타브로 지저귀

듯 속삭인다. 유려한 강약 조절 덕분에 음절과 음절 사이에 밀고 당기기가 연속하고, 손톱에 칠한 빨간 매니큐어와 흰색 홀터넥 블라우스가 선명한 대비를 이루며 시선을 잡아끈다. 그렇게 상대의 귀와 눈을 붙잡아 놓은 다음, 김혜수는 콧잔등을 찡그리며 매력적인 웃음까지 선보인다. 관객은 아무 정보도 없이 정 마담에게 사로잡힌다. 카메라가 정 마담의 가느다란 손가락과 공중에 피어오르는 담배 연기를 주시하는 순간, 김혜수는 마법처럼 핀 조명을 만들어 낸다. 이제 그곳은 정 마담이라는 배우의 무대가 된다. 화투판에 압축된 인생의 고약한 비밀을 누설하며, 그는 어느새 영화가 전개할 싸움을 암시하는 모놀로그 한 편을 앉은 자리에서 뚝딱 완성한다. 대사 한 줄이 나를 오래 괴롭히더라도, '김혜수 선배와의 만남'을 주선하라는 내 우격다짐을 받아들이지 않더라도 최동훈 감독에게 너무 씩씩대지 않기로 했다. 어쩌겠는가. 나 까짓 게 용을 써 봤자지. 김혜수는 짱이라니까.

　　지나치게 기대받으면서도 결국 기대를

뛰어넘는 사람들이 있다. 김혜수는 <슈룹>(tvN, 2022) 촬영을 마친 후, 유튜브에 출연해 송윤아와 이런 대화를 나눈다. "나 열심히 했는데, 왜 나한테만 이렇게 평가가 박하지? 그땐 그렇게 생각했거든요. 근데 모든 일이 그래. 우리 일은 특히나. 아무도 몰라. 힘들고 가슴 아픈 순간은 본인만 알아요. 그걸 잊어버리면 안 되는 거고." 지난한 여정을 통과해 온 이의 말이었다. 한 번 졌다고 해서 싸움 전체를 포기한 적은 없는, 이기지 못할지언정 순순히 지지는 않으려 분투했던 이의 시간과 마음이 묵직하게 담긴 말. 비슷한 시기에 2023년 세계배드민턴선수권대회(BWF World Championships)가 열렸다. 우연히 안세영의 경기를 봤다. 운동선수와 배우에게는 뚜렷한 공통점이 있다. 김혜수의 표현을 빌리자면 그들 모두 본인만 아는, 아무도 모르는 순간을 견딘다. 대중의 환호와 사방에서 쏟아지는 스포트라이트는 그들 세계의 극히 일부분을 차지할 뿐이다. 배우는 무대에, 선수는 경기장에 서기 위해 고된 훈련으로 하루하루를 채운다. 노력과 재능, 운이 모여 스타라는 칭호를 거머쥔다고 해도 그러한 대원칙은 변하지 않는다. 언젠가부터 나는 잠 못 이루는 밤에 안세영의 경기 영상을 찾아보기 시작했다. 끊어질 듯 이어지는 랠리와 기어코 상대의 빈틈에 셔틀콕을 꽂는 솜씨가 흥미진진했지만, 무엇보다 나를 가슴 뛰게 만드는 건 막판 끝내기였다.

매치포인트에서 점수가 난 순간, 안세영은 라켓을 던지고 점프한다. 두 주먹을 불끈 쥐고 하늘을 향해 포효한다. 한달음에 코치석으로 달려가 그녀를 끌어안고 "감사합니다!" 소리친다. 이 거침없는 행위가 내게는 승리만큼이나 짜릿하게 다가왔다. 자기방어훈련에 참가한 적이 있다. 4주 과정이었고 강사는 주짓수와 태권도를 비롯한 각종 격투기 유단자이자 전문 운동 코치였다. 설렜다. 뭔가 대단한 것, 대단히 효과적이고 유용하고 파괴력을 가진 기술을 배우게 될 줄 알았다. 상황별 실전 대응법을 섭렵하겠다는 포부를 안고 첫 수업에 나갔다. 그날부터 4주 내내 내가 훈련한 것은 소리 지르기였다. 훈련에 참가한 여덟 명의 여자들 모두 그걸 참 못했다. 살면서 큰 소리를 내본 적이 없어서였다. 우리는 크게 표현할 감정도 작게 포장하는 데 능숙했다. 듣는 이가 기분 상하지 않도록 '예쁘게' 말하는 법을 배웠고, 소리 내지 않으며 웃고 먹고 걷는 법을 몸에 익혔다. 강사가 "악!" 하고 기합을 넣으면 우리는 기어들어 가는 목소리로 "아…" 따라 했다. 머리로는 우리도 멋지게 지른다고 질렀는데 실제 입 밖에 나온 소리는 초라하기 짝이 없었다. 자기방어훈련의 목표는 결국 내 몸을 소리칠 수 있는 상태로 만드는 것이었다. 위험에 닥쳤을 때 그대로 얼어붙지 않도록, "악!" 하고 내가 여기 있다는 사실을 주변에 알릴 수 있도록 우리는 둥글게 둘러서서 소리 내는 연습을 했다. 그러니까 안세영의 '포효'는 심장이 두근거릴 만큼 새롭고 근사했다. 그것은 안세영이 안세영 스스로에게 보내는 환호성이자 박수갈채였다. 그토록 박력 넘치게 기쁨을 만끽할 줄 아는 이라면 어떤 위기와 위협 앞에서도 마냥 쫄지만은 않을 것이 분명했다.

안세영은 2017년에 중학생 나이로 성인

선수들과 겨뤄 최연소 배드민턴 국가대표가 됐다. 천재 소녀와 차세대 에이스라는 수식이 단골처럼 불려 나왔다. 2020년에는 도쿄올림픽에 출전했다. 무릎 부상으로 쉽지 않은 경기를 펼치다가 8강에서 중국 선수 천 위 페이에게 졌다. 경기 후 인터뷰에서 기자가 무릎 상태를 묻자, 안세영은 담담히 답했다. "무릎은 괜찮은데 제 실력이 좀 아픈 것 같네요." 그것은 패자의 말이었지만 선수의 품격을 드러내는 문장이었다. 2년 후 안세영은 말레이시아 마스터스 경기에서 천 위 페이와 또 한 번 겨룬다. 전적은 7전 7패, 기록이 아프다 못해 두려울 법도 한데 안세영은 물러서지 않았고 끝내 트로피를 들어 올렸다. 2023년 항저우 아시안게임 결승전은 말 그대로 드라마였다. 이번에도 상대는 천 위 페이였고 안세영은 1세트 중간에 무릎 부상을 겪는다. 급히 테이핑 하고 2세트에 나섰지만 움직임이 느려지며 결국 점수를 내준다. 1:1의 상황에서 마지막 세트가 시작된다. 그 경기 영상을 몇 번이나 돌려봐도 잘 모르겠다. 대체 어떻게 해 냈을까. 안세영은 통증이 없는 사람처럼 뛰고, 공격과 수비를 오가며 천 위 페이를 지치게 만든다. 접전 끝에 휘슬이 울린다. 경기 종료. 안세영은 그대로 바닥에 드러눕는다. 크게 심호흡을 한 번 하고는 곧장 일어나서 네트 건너편에 있는 천 위 페이에게 다가가 악수를 건넨다. 이마는 땀으로 흠뻑 젖었고 눈은 그렁그렁하다. 안세영은 이번에도 두 주먹을 불끈 쥐고 으아아 포효한다.

그날 안세영은 개인전에 이어 단체전 금메달까지 목에 걸었다. 안세영의 단식, 이소희와 백하나의 복식, 김가은의 단식 경기가 모두 성공하며 3:0으로 단체전에서 압승을 거둔 것이다. 승리가 확정되자 안세영은 코트로 뛰어가서 동료들과 얼싸안는다. 강강술래 하듯 원을 그리며 빙빙 돌고 힘차게 발을 구른다. 그 모습을 바라보다가 문득 이게 다 꿈인가 싶다. 내가 지금껏 그와 같은 장면을 본 적이 거의 없다는 사실을 알아차린다. 누가 뭐라고 하든 말든 고함을 지르며 자신과 팀의 우승을 축하하는 여자. 시상대의 가장 높은 자리에 올라서 조금도 절제하지 않고 이를 다 드러내며 웃는 선수. 심장이 두근두근할 정도로 생경하다. 근데 이 빛나는 장면을 목격하며 내가 느낀 것은 흥분만이 아니었다. 이유 모를 안도감이 밀려들었다. 어리둥절했다가 안세영의 인터뷰에서 실마리를 찾았다. 그때 기자는 나만큼이나 들뜬 목소리로 묻는다. "이제 안세영의 시대라고 보면 될까요?" 안세영은 망설임 없이 평소처럼 다부진 어조로 답한다. "아직 그랜드슬램을 달성하지 못했기 때문에 안세영의 시대라고 할 수 없고요. 그랜드슬램을 달성하는 순간, 제 시대라고 제가, 알리겠습니다." 그것은 승자의 말이자 선수의 품격을 드러내는 문장이며, 무엇보다 안세영 그 자체다. 주저하지도 거들먹대지도 않는다. 방향은 확실하다. 안세영은 자신답게 싸우는 사람이며 자신의 승리를 스스로 선언할 작정이다. 김혜수의 통찰이 그러했듯 안세영의 약속은 나를 안심하게 했다.

떠보고 질색하는 이들이 한심했으나 그 한심함이 못내 두렵기도 했다. 당신은 왜 그런 식으로 말할까. 어째서 그래도 된다고 믿을까.

한심함은 무지의 증표이자 폭력의 기반이었다. 이대생이 부담스러운 꼬리표였다면 페미니스트는 쥐고 흔들기 딱 좋은 빌미였다. 나를 놀리고 추궁하고 공격하는 무례는 내 친구에게, 『82년생 김지영』을 읽는 여성 아이돌에게, '홍일점' 주제에 고분고분하지 않은 여성 게이머에게, 숏커트를 한 여성 운동선수에게, '남혐'을 상징한다는 집게 손 모양을 그린 여성 일러스트레이터에게 뻗어 나갔다. 그쯤 되니 한심함을 한심하게 여기며 가뿐히 치워버릴 수가 없었다. 페미와 논란이라는 글자가 나란히 놓이는 사회니까, 범인 색출하는 기세로 페미니스트인지 아닌지 해명을 요구하겠다고 나서니까. 그 와중에 맞고, 죽고, 맞아 죽는 여자를 너무 많이 보니까. 하지만 웅크린 채 기다린다고 끝날 일이 아니다. 김혜수와 안세영이 들으면 당황스러울 텐데, 나는 온 세상과 적대하는 기분에 휩싸일 때면 둘의 연기와 경기를 찾아본다. 옹달샘에서 목을 축이는 심정이라고 해야 할까. 갈증이 가라앉을수록 사기는 충전된다. 나도 그들처럼 내 몫의 싸움을 이어가고 싶어진다. 따지고 보면 한심함으로 무장한 그들이 곧 세상인 것도 아니다. 그래서 당신이 미워하든 말든 나는 일단 밥을 먹고 방바닥을 닦는다. 내일 지구가 멸망한다면 술이나 마셔야겠지만 오늘은 사과나무 한 그루 심는 마음으로 세탁기도 돌린다. 에헤야 디야. 젖은 수건을 탁탁 털어서 널자 어깨도 덩달아 펴지는 것 같다. 집안일이 끝나도 할 일은 많다. 서명하고 행진하고 후원한다. 돈을 벌고 친구들과 수다 떨고 산책하러 나간다. 지금도 무섭지만, 지금은 그렇게 싸운다.

물론 어렵다. 자주 지는 데다 때로는 이겨도 이긴 것 같지 않다. 발밑을 내려다보면 짜증과 불안이 찰랑찰랑. 어느 날에는 무엇과 싸우는지 헷갈리고, 돌아서면 누구를 의지해야 하나 싶어 아득하다. 함께 힘내자며 화이팅을 외치다가도 그 함께가 어디까지 함께인지, 우리가 언제까지 우리로 남을지 의심스럽다. 그래도 싸우고 돌아왔을 때 무사해서 다행이라며 반겨주는 이가 있다. 용기를 불어넣는 영화가 등장하고 변화를 확인할 수 있는 절대 사소하지 않은 메시지가 곳곳에서 발견된다. 그저께는 예전 드라마를 보다가 깜짝 놀랐다. '헉. 불과 얼마 전까지 이 나라에는 노처녀라는 단어가 있었어!' 이제 막 서른 살이 된 여자를 노처녀라고 부르며 낄낄대는 남자의 얼굴에 당황했다. 그러니까 이곳이 변하지 않았을 리 없다. 세상이 답보 상태에 머무는 듯 보여도 시간은 어떻게든 티를 내며 흘러간다. 나 같은 사람이 나뿐인 것도 아니다. 내가 생각하기에 모든 여성은 얼마간 싸움꾼의 운명을 타고났다. 생존을 위해 끊임없이 이런저런 기술을 익히는 갱신형 존재이기도 하다. 눈에 힘주기, '나는 할 수 있다' 주문 외우기, 제때 치고 빠지기, 결과로 증명하기, 과정을 끌어안기, 아군 만들기, 웃으면서 욕하기, 웃지 말고 정색하기, 정신 차리기, 비빌 언덕 세우기, 없는데 있는 척하기, 있지만 없는 척하기, 부리나케 도망치기 등 어릴 적부터 별의별 노하우를 다 쌓는다. 어떤 기술은 시행착오를 겪으며 몸소 터득하는가 하면, 또 어떤 기술은 피 한 방울도 나누지 않은 자매로부터 전수 받는다.

　　그렇게 싸우다 보면 약점과 강점의 경계가 점점 흐릿해진다. 나는 야비해서 영리하고, 나약해서 신중하다. 안세영을 따라하다가 다짜고짜 소리부터 내지르는 바람에 지기도, 김혜수를 본보기 삼아 타이밍을 엿보며 밀고 당기기를 시도했다가 싸움판에 끼어들 기회를 날려 먹기도 한다. 그럼 보유 기술 목록에 메모를 하나 추가하면 된다. 재고 따지되 너무 재고 따지지는 말기. 알겠니, 미묘한 차이를? 결론. 싸움에는 왕도가 없다. 무엇보다 약점이든 강점이든 전부 내 것임을, 미우나 고우나 그게 나임을 알아간다. 누구도 완벽하고 완전하게 이겨본 적 없는 싸움에서 때마다 나로서 최선을 다할 뿐이다. 최선은 아무리 작아도 꽤 무겁다. (고작 이 정도를 최선이라고 할 수 있나 싶어 막막할 때조차 삶은 그리 가볍지 않다는 사실을 상기하자.) 티끌은 모아봤자 티끌이지만, 내 목적지가 태산인가 하고 물으니 그건 또 아니다. 그저 원망도 억울함도 없이 잠들기를, 자괴감도 죄책감도 느끼지 않은 채로 일어나기를 바란다. 언젠가는, 가끔은 그랬으면 좋겠다. 쉽지야 않겠지만 지레 겁먹고 포기할 만큼 기술이 미천하지도 않다. 시간이 흐름에 따라 기술은 늘어날 테니 안세영의 시대가 개막했을 즈음엔 내가 필살기를 장착했을지도, 〈타짜〉가 개봉 30주년을 맞이할 무렵엔 두둑한 배짱만으로 상대를 압도할지도 모를 일이다. 어느 쪽이든 나는 새로워진다. 그것이 바로 새로운 세상일 거다.

추신(?). 이 글을 쓰고 나서 맞이한 여름, 안세영은 2024 파리 올림픽에서 보란 듯이 금메달을 거머쥐었다. 1996 애틀랜타 올림픽 이후, 배드민턴 여자 단식 경기에서 정상을 차지한 선수가 나온 것은 무려 28년 만이었다. 허벅지와 무릎에 테이프를 칭칭 두른 채 코트 바닥을 누비던 그는, 승리가 결정된 순간 다시 한번 입을 크게 벌리고 하늘을 향해 소리 질렀다. 그리고 포효와 환호가 잦아든 다음, 안세영은 기꺼이 제 시대로 입장하는 문을 열었다. 잘못된 것을 잘못됐다고 말하며, 앞으로는 달라져야 한다고 밝히며. 그 진중하고도 절박한 목소리는 어떤 응답을 받게 될까. 국가대표 선발 과정부터 선수 후원 계약과 부상 관리 등에 이르기까지 대한배드민턴협회를 둘러싼 각종 의혹이 제기됐다. 육중한 문을 열어젖힌 안세영은 계속해서 코트에 서고 있다.

Ⓒinema Ⓐnd Ⓣheater

Ⓒ 〈타짜〉 (2006)
감독: 최동훈
출연: 조승우, 김혜수, 백윤식, 유해진

Ⓒ 〈내가 죽던 날〉 (2020)
감독: 박지완
출연: 김혜수, 이정은, 노정의

경주, 후쿠오카, 군산 그리고 춘몽 (1)

<춘몽>(장률, 2016): 무심한 나들이

예리는 어쩌다 수색에서, 왜 하필 '고향 주막'을 열었을까. 터널 하나로 도심과 분리된 동네, 늘 같은 얼굴만 드나드는 술집. 어느 쪽도 매력적이라기엔 어려운데 예리는 여태 그곳을 떠난 적이 없거나 결국 그곳으로 돌아왔다. 공간 만큼 낡고 누추한 이들 사이에서 예리는 "천사" 이자 "시"로 통한다. 그의 주변엔 약한 것들이 모여든다. 전신 마비 환자인 아버지가 몸을 늘어뜨린 채 예리에게 의지하고, 거리를 헤매는 고양이들은 예리의 부름에만 응한다. 예리를 졸졸 따라 다니는 삼총사 역시 고장 난 기계처럼 결함을 달고 산다. 한물간 건달 익준은 웃음을 참지 못해 인생이 꼬였고, 탈북자 정범은 눈이 슬퍼 보인다는 이유로 해고당했다. 매사 어수룩한 종빈은 이따금 발작을 일으키며 쓰러진다. "몸도 정신도 건강한 사람"을 꿈꾸는 예리에게 그들은 좋은 상대가 아니다. 정확히는 셋 다 자격 미달. 하지만 예리는 구애를 뿌리치고 달아나는 대신, 한 발짝 떨어진 자리에서 "제 남자들"을 품어 보려 한다. 멀리서 발견하면 손 흔들며 반겨 주고, 마주 앉아 술잔을 기울인다. 때로는 그들과 외출해 긴 산책에 나서기도 한다. 수색과 '고향주막', 어제 와 다름없는 오늘에서 벗어나는 짧은 나들이다.

　　<춘몽>은 볼수록 길 잃은 기분이 드는 영 화다. 예리가 수색에 정착한 배경도, '고향주막' 이라는 촌스러운 이름의 가게를 차린 사연도 모 르겠다. 다만, 인과가 불분명하고 결론도 없는 이 꿈같은 여정에서 예리는 시종일관 태연하다. 인물 예리뿐만 아니라 배우 한예리도 마찬가지 다. 윤종빈, 양익준, 박정범이 각각 본인이 연출하 고 출연한 전작 <용서받지 못한 자>(2005), <똥파 리>(2009), <무산일기>(2011)에서 보여준 캐릭 터를 의도적으로 활용한다면, 한예리는 어디에 도 속하지 않는 자유로움을 만끽한다. 길몽과 악 몽이 공존한 풍경을 넘나드는 유연함과 그저 신 비로운 대상에만 머물기를 거부하는 강직함. 한 예리는 이를 통해 영화 속 현실과 환상의 둘레를 예상치 못한 방향으로 넓혀 놓는다. 어깨에 에코 백 하나 걸치고 이리저리 돌아다니는 예리를 구

경하다가 문득 나도 저렇게 걷고 싶다는 생각이 들었다. 짐 싸는 과정 따위 생략하고 가벼운 차림으로 떠났으면, 무엇에도 매이지 않은 채 훌훌 걸으며 꿈인지 생시인지 모를 시간을 보냈으면.

그 후 계절마다 낯선 곳으로 나들이를 갔다. 여행이라고 하면 기간을 더 길게 잡고 내용도 번듯하게 채워야 할 것 같은데, 나들이라고 부르자 마음이 한결 산뜻해졌다. 혼자 떠나는 소풍에 계획과 목표는 불필요했다. 도착지만 정하면 됐는데 의외로 쉽게 해결했다. <춘몽> 전후에 나온 장률 감독의 영화들 대부분은 지명을 제목으로 삼았고, 나는 미션 카드를 받은 도전자처럼 영화가 담은 그곳으로 떠났다. 경주, 후쿠오카, 군산. 동명 영화에 등장하는 인물들도 대개 예리처럼 무심히 걷는다. 행선지는 우연에 맡기고 마음도 바람 부는 대로 흘러가도록 내버려둔다. 굳게 다짐하지도 약속하지도 않으며 그렇게 한참 걷다가 제자리로 돌아간다. 아무것도 달라지지 않았지만 이전과 똑같다고 할 수는 없는 상태로. 그들을 길잡이로 여기며 짧게는 이틀, 길게는 열

흘쯤 영화가 가리킨 곳에 머물렀다. 예리의 걸음걸이를 완전히 익혔다고 자부하기는 어렵지만, 나들이에는 제법 익숙해졌다. 예리처럼 지도 없이 걷는 법을 계속 연습하다 보면 언젠가는 알게 될지도 모르는 일이다. 예리가 어쩌다 수색에서, 왜 하필 '고향주막'을 열었는지.

<경주>(장률, 2014): 신혼여행을 간다면

결혼할 마음도 없으면서 신혼여행은 가보고 싶다. 오래전부터 점찍어 놓은 신혼여행지는 고비사막과 경주. 내가 경험한 장소 중 가장 관능적인 곳이라서다. 사구와 봉분, 자연이든 인위든 끝내 무상하다는 점을 상기시키는 그 둥근 언덕들에 끌린다. 여름날 경주는 예초기 돌아가는 소리로 소란스러웠다. 도착하자마자 너무 많은 무덤을 봤고 공윤희(신민아)의 집으로 나오는 숙소에 짐을 풀었다. 방에서도 창문 너머로 무덤이 보였다. 한밤중 윤희는 그곳 꼭대기에 엎드려 눕는다. "들어가도 돼요? 들려요? 들어가도 되냐구요!" 간청 같기도 닦달 같기도 한 외침. 그때 윤희는 무덤 주인이 아니라, 자신을 두고 먼저 죽어버린 남편에게 묻는 듯하다. 그리움과 원망은 명확히 구분되지 않는다.

경주에 혼자 오기는 처음이었다. 10대엔 중학교 수학여행, 20대엔 사학과 답사, 30대엔 그냥 나들이. 앞서 학생 신분으로 방문했던 곳이어선지 외따로 걷기가 어색했다. 발맞출 무리가 없는데도 괜히 두리번거렸다. 영화에 등장하는 장소 몇 군데를 찾아갔다. 망월사에 도착하니 때마침 오전 예불 시간이었다. 경내 가득 울려 퍼지는 '옴마니반메훔'을 들으며 백일홍 나무 주변을 빙글빙글 돌았다. 그날 밥 먹으러 가다가 남천을 건넜는데, 영화와는 다르게 물이 넘쳐 흘렀다. 돌다리 위에서 서로 사진을 찍어주는 커플이 여럿 보였다. 혹시나 하는 마음으로 최현(박해일)과 여정(윤진서)이 들렀던 우리슈퍼에도 갔다. 절과 강처럼 예전 모습 그대로 자리를 지키고 있어서 놀랐다. 물 한 병을 사서 슈퍼 평상에 걸터앉았다. 해가 쨍쨍했다. 최현처럼 누굴 이리로 부를까 했다가 금세 정신을 차렸다. 여정처럼 무턱대고 경주까지 올 사람도 떠오르지 않았다.

　　　다음 날 오후, 영화에서 윤희가 운영하던 찻집 능포다원을 찾아갔다. 애매하고 나른한 햇빛이 구옥 곳곳에 스며들어 정겨운 분위기를 자아냈다. 최현이 들여다보던 춘화는 서까래 밑에 걸려 있었다. 풀숲에서 훌딱 벗고 몸을 포갠 연인과 그들을 지켜보는 두루미. 그림 여러 점이 전시된 벽 너머로 곤히 잠든 아이 하나가 보였다. 선풍기 날개가 약하게 돌아가며 그 애 앞머리를 흔들었다. 관광객 티가 났는지 찻집 사장님은 메뉴판을 건네며 곧장 <경주> 얘기를 꺼내셨다. "그건 공부 많이 하고 책 많이 읽은 사람들이 좋아할 영화"라고 하셔서 웃겼다. 변명하고 싶은 마음이 굴뚝 같았지만, 여기까지 찾아와서 그 영화 안 좋아한다고 말하기는 좀 그랬다. 사장님이 일러주신 대로 허리를 펴고 차 마시기에 집중했다. 능포다원을 나올 때까지 아이는 잠만 잤다. 그날 밤 이불을 덮고 누웠는데 이상한 생각이 들었다. 혹시 내 눈에만 보였던 아이인가?

　　　숙소 근처 술집에서 만난 사장님과는 대

화를 좀 더 오래 나눴다. 그는 얼마 전까지 서울 마포구 상수동에 살았고 음악을 했다. 공연 팀으로 북한을 방문한 적도 있다. 긴 서울살이 끝에 그는 귀향을 택했고 술집을 열었다. 내 맞은편에 앉은 손님도 서울을 겪었다. 성인이 되자마자 서울에서 딱 일 년을 살아본 다음, 미련 없이 경주로 돌아왔다. 이곳에서 나이 먹는 것이 더 낫겠다는 판단이었다. 우리는 디귿자 테이블에 삼각형으로 앉아서 아사히 큰 병을 나눠 마셨다. 잔을 맞부딪치려면 다들 의자에서 일어나 몸을 옮겨야 했기에 그냥 입으로 짠하고 소리를 냈다. 경주의 옛 모습을 기억하는 그들은 도시 변천사를 덤덤히 들려줬다. 방석집이 모여 있던 길목에 어떻게 황리단길이 들어섰는지, 실비집이 '이모카세'라고 불리면 무슨 일이 벌어지는지, 인플루언서와 유튜버가 얼마나 막대한 영향력을 발휘하는지 등등. 그들은 이방인에게 관대한 선주민이자, 넓고 크고 이따금 아찔한 이 도시의 증인이었다.

　　서울로 돌아가는 날, 아침 산책길에 개

를 데리고 다니는 여인과 만났다. 봉황대 근처 벤치에서 쉬는데 한 아주머니가 다가왔다. 희고 날렵하게 생긴 찹쌀이가 날 보며 꼬리를 흔들었다. 최현과 얼굴이 좀 닮은 것 같기도 했다. 나도 꼬리를 흔들다시피 반가워했더니 아주머니가 못 이기는 척 개를 내 무릎에 올려줬다. 개는 올해 세 살인데 두 살까지는 아주머니 딸과 부산에서 살았다고 했다. 찹쌀이가 딸 집을 떠나서 경주로 온 이유를 물으려다 왠지 실례인 듯해서 관뒀다. 몇 분간 말없이 앉아 있다가 매일 이 시각에 산책하시냐고 여쭤봤다. 오전 여섯 시였다. 공장으로 가는 통근버스가 도로에 줄지어 섰고 청소차 주변에서 까마귀가 쉴 새 없이 울어댔다. 아주머니는 낮처럼 덥지도 저녁처럼 붐비지도 않으니 지금이 산책하기 딱이라고 했다. 찹쌀이는 다른 개를 싫어한다. 미워한다기보다는 무서워하는 쪽이고 피하기보다는 달려드는 쪽이다. 아주머니는 난감해 죽겠다면서도 찹쌀이를 계속 쓰다듬었다.

관능적인 풍경에 나도 모르게 경계심이

풀렸던 걸까. 경주 나들이를 마칠 즈음엔 새로운 이름을 여럿 알게 됐다. 우연히 만난 이들에게 이름을 물어봤고 내 것도 알려줬다. 평소답지 않은 행동이었다. 다시 만나자고 약속한 것도 아니고 이름을 알아봤자 딱히 쓸모도 없는데 그냥 그렇게 했다. 이름을 물건인 양 교환했으니 당분간 보관하려고 한다. 어쩌면 찹쌀이와 비슷한 상태인지도 모른다. 원망보다는 두려움이 커서 아는 이름을 늘리고 싶은 것이다. 눈 내리깔고 시선을 피하는 대신에 눈 맞추며 통성명했다. 모르는 이름이 저지르는 사건과 모르는 이름이 당하는 이야기를 가만히 앉아서 듣는 일은 워낙 빈번하니까. 그러고 보면 윤희가 결혼했던 이유, 최현이 윤희를 찾아간 이유, 여정이 옛 애인의 전화 한 통에 경주까지 온 이유 모두 그와 같지 않을까. 경주는 역시 신혼여행에 어울린다.

Ⓒinema Ⓐnd Ⓣheater

Ⓒ ⟨춘몽⟩ (2016)
감독: 장률
출연: 한예리, 양익준, 박정범, 윤종빈

Ⓒ ⟨경주⟩ (2014)
감독: 장률
출연: 박해일, 신민아, 윤진서, 김태훈

경주, 후쿠오카, 군산 그리고 춘몽 (2)

<후쿠오카>(장률, 2020) 겨울방학에 본
영화
___

　　비행기 티켓을 결제하고 나서 안 사실.
작년에도 똑같은 날짜에 출국했다. 1월 31일. 새
해가 선사한 설렘은 한풀 꺾이고 비수기에 진입
한 프리랜서의 무료함이 절정에 달할 무렵이다.
2023년 1월 31일에 그러했듯 2024년 1월 31일에
도 이른 아침 공항으로 향했다. 후쿠오카를 한자
로 쓰면 복강(福岡). 복 복에 고개 강, 뜻을 풀면
'복이 깃드는 고개'쯤 되려나. 출국 전에 <후쿠오
카>를 다시 봤다. 장률 영화에 유령 같은 존재가
등장하는 것은 흔한 일이지만, <후쿠오카>는 그
중에서도 유별나다. 시작한 지 십 분도 안 돼서
귀신이라는 단어가 대사에 세 번이나 나온다. 소
담(박소담)과 제문(윤제문), 해효(권해효)가 마
치 서로에게 귀신이라는 듯, 아니면 그들 셋이
하나의 귀신을 보고 있다는 듯. 어쨌거나 귀신,
귀신, 귀신, 하는 그 뻔뻔함이 웃겼고 마침 복도
필요한 터라 후쿠오카를 나들이 장소로 택했다.
귀신도 신이니 일단 빌고 보자는 마음이었다.

망원에 살면서 가장 좋은 점은 한강이 코앞이라는 것인데, 하카타와 텐진에 머무르면서도 하루에 몇 번씩 나카스강을 건넜다. 줄곧 비가 내렸지만 강물 수위는 일정하게 유지되는 듯했다. 파파고에 '차한비'를 입력했더니 '冷たい雨'로 번역됐다. 츠메타이 아메. 차가운 비. 엉뚱한 이름 풀이에 기분이 누그러졌다. 차가운 거리도, 축축한 날씨도 내가 다 자초한 상황 같아서 그럭저럭 견딜 만했다. 후쿠오카에서 커피와 술을 마실 때면 종종 가게 주인이나 옆자리 손님들과 말을 섞었다. 초반에는 필담을 나누듯 서로 휴대폰을 수줍게 내밀었다. 번역 어플리케이션은 정중하고 어설폈으며 그에 의존하는 우리도 마찬가지였다. 그러다 어느 순간 긴장이 풀리면 점잖은 척을 관두고 입에 걸리는 대로 일어, 영어, 국어를 마구 섞어 떠들기 시작했다. 쏘리 와 따시 헤드에이크 어지러워 이제 노메마셴. 품위 없고 풍요로운 말 잔치였다.

통하고 통하지 않는 말들 속에서 어쩌면 세상의 모든 단어는 은어로 태어났을지도 모른다고 생각했다. 맨 처음엔 나만 알고, 너에게만 들려주고, 우리끼리만 이해하는 비밀이었을 거라고. 비밀을 속삭이는 이가 하나둘 늘어나서 결국 누구나 사용하는 단어로 자리 잡는다 해도, 본뜻은 최초의 인간 단 한 명만 알지도 모르겠다고. <후쿠오카>에서 소담인지 소담 귀신인지 모를 소담이 방문했던 이리에 서점을 향해 걸었다. 역시나 비가 왔고 코너에 위치한 중고 책방은 영화로 본 것보다 훨씬 작았다. 좁고 빽빽한데 또 이상하게 그윽한, 남의 속처럼 보이는 공간이었다. 햇빛이 스며드는 책장과 책장 사이, 소담은 자그마한 간이의자에 앉아 노래한다. "오까아상" 하고 엄마를 부르며, 엄마 손에서 좋은 냄새가 난다며. 그리고 보면 최초의 은어는 엄마였으려나.

아침엔 주로 신사와 공원을 돌며 고요한 우중산책을 즐겼다. 구시다 신사에서 오미쿠지를 뽑았는데 '길'이 나와서 안심했다. '흉'이 나왔다면 모른 척 다시 뽑았을 거고, '대흉'이었다면 찝찝함을 안은 채 다른 신사를 찾아갔을 거다.

그날 낮엔 후쿠오카 형무소를 구경하려고 꽤 멀리 나갔다. 형무소가 아닌 구치소로 명칭이 바뀌긴 했으나, 같은 건물이 여전히 그 자리에 서 있었다. 이렇다 할 특색 없는 낡고 무뚝뚝한 건물이었다. 경비가 서 있는 정문 입구에서 서성대다가 펜스 주변을 한 바퀴 돌았다. 1945년 2월엔 윤동주가, 3월엔 송몽규가 저곳에서 죽었다. 아무래도 실감이 안 났다. 눈에 보이는 건물이 사라졌다면, 그저 옛터로 남아 있는 장소라면 차라리 실감했을까. 구치소 옆으로 개천이 흘렀고 수면에 떨어진 빗방울들이 동그란 무늬를 쉴 틈 없이 만들었다. 윤동주와 송몽규도 이 개천을, 흐르는 모양과 퍼져 나가는 무늬를 봤을지 궁금했다.

형무소를 다녀왔던 밤, <후쿠오카>에서 해효가 운영하는 술집 들국화를 찾았다. 일어로는 노기쿠라고 부르고 이리에 서점만큼이나 작은 가게였다. 옷걸이를 걸어둔 벽 끄트머리에 야구팀 니시테츠 라이온즈 구단기가 걸려 있었다. 1956년부터 3년 연속 일본 리그 우승을 달성한, 후쿠오카 전설의 팀. 라이온즈가 역사를 쓰기 시작한 그해 헝가리에서는 혁명이 일어났고, 체 게바라는 쿠바에 상륙했으며, 이승만은 3선에 성공했다. 국립경주박물관은 신라 금관을 도난당했다. 다행히 모조품이었고 범인도 잡았지만, 끝내 금관을 회수하지는 못했다. 지금도 사방에서 내가 알지 못하는 별별 일이 다 있겠구나 하며 맥주를 따랐다. 영화 속 인물들을 흉내 내려고 윤동주의 시집을 펼쳐 「소년」과 「사랑의 단상」을 읽는데, 술집 주인이 <후쿠오카> 얘기를 꺼냈다. 처음 감독이 찾아왔던 날에 나눈 대화를 들려주고, 배우들과 찍은 기념사진도 보여줬다. 먼저 술을 마시고 있던 손님이 '센빠이'로서 한 잔 사겠다며 값비싼 사케를 건넸다. 우리는 다카미네 히데코와 건담에 관해, 도쿄와는 다른 후쿠오카의 개방적 분위기에 관해 이야기했다. 결과적으로 맥주와 사케, 그리고 고구마 소주까지 섞어 마셔 알딸딸한 채로 술집을 나왔다. 쏘리 와따시 헤드에이크 어지러워 이제 노메마센.

　　입장과 퇴장의 순간에 오가는 인사말을 익히자 후쿠오카가 좀 더 정답게 느껴졌다. 방금 열렸거나 곧 닫힐 문 앞에서 짝 있는 말을 주고 받으면 든든했다. 타다이마와 오카에리, 오사키니와 마따네, 잇떼랏샤이와 잇떼키마스. 닫힌 문은 열리고 출발한 이는 도착한다. 그사이 환영과 환대는 돌림노래처럼 이어질 테다. 틈틈이 극장에 방문했는데 그중 가장 인상 깊었던 곳은 나카스영화관이었다. 크고 우아한 외관에 반해서 들어가 보니 내부는 더 아름다웠다. 극장 곳곳에 붙은 알림문은 다음 달 폐관한다는 소식을 전했다. 건물 노후로 철거가 결정됐다고 하는데, 첫 방문한 나도 아쉬울 지경이었다. 극장에서는 개봉작 상영과 동시에 기획전을 진행하는 중이었다. 너무 오래되어 무너져야 한다는 그곳에서 예전에 본 영화들을 다시 만났다. <천년여우>(곤 사토시, 2002)와 <비포 선라이즈>(리처드 링클레이터, 1996), 둘 다 긴 시간을 예고하고 통과하는 영화였다. 한국에 도착한 후, 나카스영화관의 SNS 계정을 팔로우했다. 언제가 될지 모르지만 다시 만날 수 있도록 노력하겠다는 극장의 말이 실현되는 과정을 지켜보고 싶어서다.

\<군산: 거위를 노래하다\>(2018): 속수무책의 마음

마감 이후의 오후, 느지막이 일어나서 지압 슬리퍼 신은 채 집안일 하는 시간을 좋아한다. 세탁기 돌리고, 방바닥 쓸고 닦고, 반찬 만들고, 설거지하고, 커피 한 잔 내려 마시면 딱 빨래 널어야 할 타이밍이다. 젖은 수건을 탈탈 털며 속으로 중얼거린다. 쌀 사야 하는데, 사과도 먹고 싶다, 샴푸 다 썼지. 금세 무거워지는 장바구니를 보며 나 하나 먹여 살리기가 만만치 않구나 한다. 봄눈이 녹는 날, 마감도 집안일도 다 해버린 고속터미널에서 버스를 탔다. 모처럼 구름에서 풀려난 해를 보며 오늘이라고 생각했다. 군산은 봄에 가려고 했으니까. 전날까지 소리 없이 쌓이던 눈은 햇빛을 받으며 눈부시게 빛났다. 조금씩 녹으며, 땅에 흡수되고 하늘로 증발하며 반짝반짝 빛을 내뿜는 모습이 왠지 기특하다 싶을 만큼 어여뻤다. 버스 타고 달리는 길에 물류센터와 공장, 요양원과 이름 모를 야산을 여러 군데 지나쳤다. 지난 며칠을 보상하듯 모든 꼭대기에 직사광선이 내리 꽂혔다. 나도 그냥 맨얼굴을 내놓고 창으로 쏟아지는 빛을 받았다.

　군산에는 유난히 커플이 많았다. <8월의 크리스마스>(허진호, 1998)가 연인들의 마음속에 여전히 살아 숨 쉬는 것일까. 이미 몇 번 방문했지만 안 들르면 왠지 섭섭한 초원사진관에 들렀다. 여덟 살 딸아이의 손을 잡고 온 부부가 사진을 찍어줄 수 있겠냐고 물었다. 휴대폰을 건네받고 무릎을 꿇었다. 누군가의 가족사진을 찍기는 처음인 듯했다. <군산: 거위를 노래하다>에서 윤영(박해일)이 대야를 밟고 월담했던 빈집은 번듯한 카페로 탈바꿈했다. 카페 주인은 담을 허물고 작은 마당을 가꾼다. 커피를 마시려다가 일단 배를 채우자 싶어 명궁칼국수로 갔다. 송현(문소리)은 그 식당에 두 차례 방문한다. 군산에 도착하자마자 윤영과 함께 가고, 나중에 혼자서 또 한 번 간다. 둘이 먹던 칼국수를 홀로 먹으며 술잔을 기울이는데, 식당 주인 백화(문숙)가 잔을 들고 와서 곁에 앉는다. "여자 혼자서 술 마시는 것처럼 쓸쓸한 게 또 있나."

송현은 어리지 않다. 아무에게나 속마음을 구구절절 들려주지도 않고, 표정을 숨기는 데도 능하다. 사람과 만나고 헤어지는 일 따위 이미 적잖이 경험했을 것이다. 백화는 그날 송현에게 대뜸 그 젊고 잘생긴 남자랑 잤냐고 묻는다. 송현은 못 들은 척 말을 돌린다. "바람이 많이 부네요." 그러자 백화는 송현을 따라 시선을 옮기며 "태풍이 올 때가 됐어"라고 한다. 그 말에 송현은 울음과 웃음을 동시에 터뜨린다. 불현듯 흐느끼는 송현에게 백화가 단호한 목소리로 말한다. "허리를 펴!" "네?" "허리를 펴고 숨을 깊게 쉬고." 송현은 무슨 뜻인지 이해했다는 듯 고개를 끄덕이며 계속 흐느낀다. 희고 깨끗한 옷을 입은, 혼자가 된 여자 둘이 마주 앉아서 그렇게 자신들만 아는 시간을 보낸다. 실제로 먹어보니 칼국수 국물이 정말 진하고 뜨거웠다. 송현이 왜 꼬박꼬박 소주를 시켰는지 알 만했다. 여자 혼자서 술 마시는 것처럼 쓸쓸한 일이 없다 해도 마셔야 할 때는 마실 수밖에 없는 것이다.

군산 간 김에 국도극장을 구경하려고 했

는데 걷다 보니 씨네마우일과 명화극장까지 차례대로 나타났다. 현재는 세 극장 모두 폐업했고 공실로 방치된지도 오래라고 했다. 국도극장은 1927년 개관한 희소관, 씨네마우일은 1929년 개관한 군산극장의 후신이다. 국적과 주인이 여러 번 바뀌는 와중에도 자기 터를 끈질기게 지켜온 건물들. 일본인의 놀이터, 조선인의 공론장, 영화의 집, 노동자의 휴식처이자 연인의 밀회 장소였던 자리들. 1990년대 중후반에는 이름을 현대식으로 고친다든지 내부 리모델링 공사를 감행하는 등 멀티플렉스 시대에 저항하려고 혹은 적응하려고 애쓰기도 했지만, 결국 얼마 버티지 못하고 폐관했다. 오래 방치됐다고는 해도 건물마다 아름다운 태가 여전해서 좀 서글픈 기분이 들었다. 옛 시절을 기억하는 이라면 더할 것이다. 거대하고 붐비고 빛나던 공간이 처치곤란 상태로 늙어가는 모습만큼 허기진 풍경도 없을 테니까.

　　봄이 온 듯하더니 하늘은 또 진눈깨비를 뿌렸다. 송현처럼 실없는 얼굴을 꾸미며 며칠 여기서 지내볼까 싶었다. 날씨는 윤영을 닮아 애매했는데("넌 왜 항상 하다 말아?"), 영화동과 개복동 일대를 걷는 동안 마음이 한결 산뜻해졌기 때문이다. 개와 고양이가 골목에서 어슬렁거리고 늙은이들은 격자 도로만큼이나 정갈하게 걸었다. 바다를 보러 부잔교에 갔다가 계단 앞에서 생각에 빠진 여자를 발견했다. 다가가서 함께 유아차를 들었다. 놓칠까 봐 너무 무서운 탓에 유아차가 너무 무겁게 느껴졌다. 손이 미끄러지거나 발을 헛디뎌서 큰일이라도 나면 저 여자랑 같이 죽겠다고 결심했다. 그런 말도 안 되는 생각만 하며 한 발 한 발 올라갔다. 계단을 빠져나온 다음에야 여자의 목소리를 들었다. "스파시바." 무슨 뜻인지 알았지만, 여자가 쓴 히잡을 보고 내심 다른 언어를 예상했던 터라 살짝 놀랐다. 그 모습에 여자는 내가 자기 말을 알아듣지 못했다고 생각했는지 서둘러 덧붙였다. "고마워." 손을 흔들며 여자와 여자의 아이와 헤어졌다.

그날 밤 자려고 누웠다가 일어나서 짐을 챙겼다. 이대로 군산에 머물렀다가는 속수

무책으로 갇히겠구나 싶었다. 이상한 예감이었지만 다음 날 아침 일찍 서울로 돌아가는 버스를 탔다. 한동안 나들이를 중단했고 장률 감독의 영화도 보지 않았다. <두만강>(2011)이나 <중경>(2008)에 당장 갈 수 없으니 그럴 법했다. 다만, 그 사이에 장률 감독의 영화만큼 날 어디론가 떠나고 싶게 만드는 영화도 드물다는 사실을 깨달았다. 영화 속 이방인의 이동 경로를 따라가며, 그들이 묵은 곳에서 머물고 그들이 먹은 음식을 주문하며 때때로 마음을 달랬다. 감독의 세계를 깊이 이해하기 위한 여정은 아니었으나, 덕분에 낯선 곳에서도 마음껏 걸어 봤으니 빚을 졌다고 표현해도 될 것이다. 2023년 가을, 제28회 부산국제영화제에서 장률 감독의 신작 <백탑지광>을 봤다. 내가 당신을 안아줘도 되겠냐고 묻는 스크린 속 인물들에게 나도 묻고 싶었다. 조만간 당신이 있는 곳으로 갈 텐데 기다려 주겠냐고. 다음 나들이에서는 결코 그림자가 생기지 않는다는 그 백탑 주변을 돌아보려 한다. 걸음을 포개고 또 포개다 보면 그림자를 남기지 않

고 걸을 수 있는 사람은 없다는, 그리하여 빚을
지니지 않은 사람도 없다는 사실을 몸으로 느낄
수 있을 것이다.

Ⓒinema Ⓐnd Ⓣheater

Ⓒ 〈후쿠오카〉 (2020)
감독: 장률
출연: 권해효, 윤제문, 박소담

Ⓒ 〈군산: 거위를 노래하다〉 (2018)
감독: 장률
출연: 박해일, 문소리, 정진영, 박소담

오프 더 레코드

그 애가 작가 기질을 타고났다는 것쯤은 금세 알아차렸다. 1996년 봄, 햇빛이 비치는 문방구 한쪽 구석에 열두 살 명은(문승아)이 쪼그리고 앉아 있다. 누구에게 주려는지 선물을 고르는 표정이 무척이나 골똘하다. 계산대에서도 아이는 고민에 빠진다. 선물을 감싼 포장지에 붙이는 별 장식 때문이다. 금색 별이 좋을까, 아니면 분홍색 별이 나을까. 겨우 금색을 택하고 문방구를 나선 명은은 집 앞에서 또 발길을 돌린다. 가게 문을 열자 주인이 의아하다는 얼굴로 쳐다본다. 그 애는 문방구 주인에게 조심스럽게, 하지만 고집스러운 말투로 부탁한다. "분홍색 별로 바꿔주실 수 있나요? 선생님은 그걸 더 좋아하실 것 같아서요."

<비밀의 언덕>(이지은, 2023) 오프닝 시퀀스는 작가의 탄생을 알리는 예고편처럼 보인다. 화면에는 공책도 연필도 등장하지 않지만, 명은의 미래를 짐작할 만한 정황 증거는 확실하다. 선물 종류부터 별 장식 색깔까지 별걸 다 고심하며 선택을 번복하는 명은이는 글자 더미에

파묻힌 작가와 크게 다르지 않다. 알맞은 단어를 찾아 헤매며 쓰고 지우기를 반복하는 사람. 성에 찰 때까지 문장을 재배열하며 거듭 우왕좌왕하는 모습. 예상한 대로 명은은 얼마 지나지 않아 책상에서 혼자 보내는 시간이 늘어난다. 책을 쌓아 놓고 읽을 적엔 선물을 고를 때처럼 표정이 심각해지고, 원고지와 사전을 넘기며 글을 쓰는 밤엔 조심성과 고집이 두루 자란다.

　　선물을 샀던 날도 명은은 글쓰기에 몰두한다. 편지의 수신인은 김애란 선생님(임선우). 새 학기가 시작되자 으레 그러하듯 명은의 책상에 가정환경조사서가 놓였다. 부모의 직업과 학력을 묻는 빈칸 앞에서 아이는 난처해진다. 시장에서 젓갈 장사하는 엄마 경희(장선)와 딱히 하는 일 없이 시간을 죽이는 아빠 성호(강길우) 중 어느 쪽도 자랑스럽다고 말하기 쉽지 않다. 명은은 선생님에게 가정환경조사서 면담을 비공개로 진행해 달라고 애원한다. 또박또박 힘주어 눌러쓴 글씨는 편지지 두 장을 꽉 채우고 나서야 멈춘다. 애란은 명은의 부탁을 들어주지 않지만,

며칠 후 수업을 마친 명은을 따로 불러 앉힌다.

애란이 내민 것은 교내 환경보전 글짓기 대회 공고문이다. 그는 명은이의 남다른 감수성을 눈여겨봤다며 대회 참가를 권유한다. 명은이 슬며시 웃는다. 그날부터다. 빳빳한 원고지, 날렵하게 깎은 연필, 모르는 이야기로 가득한 책들. 명은은 그 속에 깊이 빠져들며 창작의 기쁨을 맛본다. 글쓰기는 매력적인 과제다. 잘하면 여러 사람이 지켜보는 앞에서 상장과 박수를 받고, 자신을 기특하게 바라보는 선생님의 눈빛도 따라온다. 자는 것도 잊은 채 사전을 뒤지며 '서글프다'의 의미를 알아가는 사이, 소녀는 부지런히 걸음을 옮겨 제 세계를 넓힌다. 다만, 쓰면 쓸수록 명은은 머뭇거린다. 저만의 비밀을, 진실과 거짓이라는 거대한 주제를 어떻게 다뤄야 할지 좀처럼 갈피를 잡지 못해서다.

명은은 자신을 둘러싼 많은 것을 부끄럽게 여긴다. 억척스러운 엄마를 가정주부로, 무능한 아빠를 회사원으로 거짓 소개하는 데에는 평범함이라는 기준에 걸맞고 싶은 마음과 저만의 특별함을 인정받고 싶은 마음이 고루 섞여 있다. 전학생 자매 혜진과 하얀은 애써 쌓아 올린 명은의 세계를 흔드는 인물이다. 학기 초 부모가 시장에서 일한다는 사실을 숨겼다가 꼬리에 꼬리를 무는 거짓말에 휩싸인 명은 앞에서 혜진은 당당히 말한다. "아빠는 없구요, 엄마는 사람들을 즐겁게 해주는 장소인 아가씨 골목에서 사장님을 하세요."

평화 글짓기 대회에서 명은이 '통일도 한 걸음부터'라는 제목의 바람직한 글을 쓰는 동안, 혜진과 하얀은 부모가 이혼한 사실부터 타인에게 손가락질받는 엄마의 직업까지 가감 없이 써내려 가며 그들만의 평화를 정의한다. 대회가 끝나고 명은은 이번에도 구령대에 올라가지만, 혜진과 하얀이 더 큰 상을 받는다. 자신이 글을 낭독할 때는 집중하지 못하던 친구들이 혜진과 하얀의 목소리를 들으면서는 눈을 동그랗게 뜬다. 명은은 문득 다른 가능성에 관해 생각한다. 거짓을 훌쩍 뛰어넘는 진실의 힘을 곱씹고, 착실한 노력을 배반하는 재능을 질투한다.

    '우수'하지만 '최우수'는 아닌 글. 나도 그런 글을 많이 썼다. <비밀의 언덕>을 보고 나서 엄마 집에 갔던 날, 엄마가 여전히 보물처럼 보관하는 상장 박스를 꺼냈다. 과학 독후감 쓰기 대회, 교내 발명 글짓기 대회, 환경 보전 글짓기 대회 등등. 온갖 글짓기 대회에 나갔고 한 번도 최고로 큰 상을 받은 적은 없다. 뭐라고 썼는지 전혀 기억나지 않지만 덤처럼 얻은 상장이 나중에는 짐처럼 느껴졌던 것만은 생생하다. 그때의 나처럼 시무룩해진 명은에게 혜진과 하얀은 별일 아니라는 듯 비결을 알려준다. "그냥 자기 얘기 솔직히 쓰잖아? 그럼 선생님이 감동 받아서 상 주시거든. 한 번도 틀린 적 없었어."

    그 무렵 명은에게 도착한 주제는 '가족'이다. 무엇을 어떻게 써야 할까. 썩 마음에 들지 않아도 가족이라서 소중하다고 말해야 할까, 아니면 혜진과 하얀에게 들은 대로 정직하게 속내를 털어놓아야 할까. 결국 명은은 가족을 놓고 두 개의 글을 쓴다. 'Happy birthday to 가족'은 평이하고 온화한 글이다. 순순히 받아들일 수 없지만 마냥 외면하기도 어려운 관계를 들여다보며 명은은 가족의 생일을 축하한다. 다음에 쓴 '손녀로부터 온 편지'는 첫머리부터 거짓을 까발린다. 그간 이상적인 가정을 꾸며내고 싶어서 작고 한 할머니를 살려냈으며 심지어 편찮으시다고 했다고. 그 거짓말이 마음을 못내 무겁게 하지만 진실보다는 근사하다고.

    'Happy birthday to 가족'이 입선에 그치는 반면에, '손녀로부터 온 편지'는 대상을 받는다. 시가 주최하는 공모전이라 수상작은 신문과 문집에 실린다. 교문 앞에 현수막이 걸리고 담임부터 교장까지 모두 싱글벙글이다. 다들 들떠 있는데 정작 명은에게 기쁨은 잠깐이다. 글을 다 쓰고 나니 현실로 돌아온다. 아내가 출근하고 아이들이 등교하기 전까지 침대에서 웅크리고 자는 척하는 아빠, 젓갈에 물들어 붉어진 손으로 잡지 속 인테리어 이미지를 오려내 '꿈의 집' 스크랩북을 만드는 엄마. 서로 원수진 듯 욕하면서도 우리에겐 우리밖에 없다며 어깨를 두르는 가족에게 명은은 글을 자랑하기는커녕 보여줄 자신도 없다.

사랑해야 할 사람을 사랑하지 않는다고 썼는데 칭찬받으면 어떻게 해야 하나. 명은은 수상을 포기하겠다고 선언한 후 입을 꾹 다물다가 결국 선생님에게 두려움을 고백한다. "제 솔직한 마음 때문에 가족이 상처받을까 봐 겁나요." 어떻게든 아이를 설득하려 했던 애란은 생각에 잠긴다. 그리고 진실이 꼭 좋은 것만은 아니라는, 살다 보면 도리어 진실보다 나은 거짓과 마주하기도 한다는 말을 건넨다. 명은은 그날 야트막한 언덕에 올라 자신이 쓴 글을 땅에 묻는다. 흙으로 돌아가는 이야기, 나는 일터에서 그것을 종종 엿듣는다. 인터뷰이가 "이건 오프 더 레코드인데"라고 운을 뗄 때면 "제 솔직한 마음 때문에 가족이 상처받을까 봐 겁나요"라고 고백하는 명은이 떠오른다.

'오프 더 레코드', 보도에서 제외해야 할 사항을 뜻하는 문구다. 바깥에 전달하지 않고 우리만 알기로 약속한 이야기들은 의외로 시시하다. 누가 내게 상처를 줬는지, 가깝던 이와 어떻게 멀어졌는지, 언제 가장 외롭고 슬픈지 그런 내용이 대부분이다. 세상을 뒤집을 만한 이야기라서 감추는 것이 아니라, 그 세상에 네가 있어 묻어두는 것이다. 내 이야기를 들으면 속상할 너. 명은이 알아차린 바와 같이, 진실과 거짓은 옳고 그름을 투명하게 나눌 수 있는 영역이 아니다. 상처를 주는 진실과 상처를 막는 거짓 사이에서 무엇을 고를지 고민하다 보면, 진실이야말로 치명적인 비밀임을 깨닫게 된다. 세상 사람들 모두 저마다의 사정과 사연을 지닌 채 살아간다는 것을 알기에 우리는 비밀을 공유했다가 이내 땅에 파묻는다.

인터뷰하고 글을 쓰면서 때로는 명은처럼 구덩이를 파고, 때로는 그 구덩이가 된다. 창작의 희열과 세상살이의 난처함을 알아버린 어린 창작자에게 나를 이입하고 내게 약점을 누설한 이들을 겹쳐 보면서 땅 밑을 상상한다. 비밀이 묻힌 자리에서 무슨 일이 벌어질까. 비가 내리고 흙이 젖고 비밀이 썩는다. 바람이 불어 홀씨가 내려앉고 햇빛이 대지를 데운다. 그리고 어느 날, 싹이 튼다. 흔적 없이 사라진 줄 알았던 비밀을 밑거름 삼아 새로운 이야기가 뿌리내린다. 그렇게 보면 '오프 더 레코드'는 아직 태어나지 않은 영화의 예고편인지 모른다. 쓰고 버린 시나리오, 몇 번의 이별, 숱한 실패와 실수가 모이고 쌓여서 다음 페이지를 연다면 좋겠다. 내가 알고 또 알지 못하는 수많은 '오프 더 레코드'가 스크린에 펼쳐지는 날을 기다린다. 그때 나는 비밀이면서 거짓이고, 거짓인 동시에 진실인 영화를 만나게 될 거다.

해가 바뀌어 명은은 6학년이 됐다. 책상에는 또다시 가정환경조사서가 놓이는데 선생님이 신기한 제안을 한다. 너희 부모보다 너희가 궁금하다면서 뒷면에 각자 좋아하고 싫어하는 것을 써보라고 한다. 말이 떨어지기 무섭게 명은은 연필을 쥔다. 전교생 앞에서 상을 받을 때보다 훨씬 설레는 표정이다. 재능과 정체성을 고민하면서도, 자신이 받는 상처와 주는 상처 사이에서 갈팡질팡하면서도 명은은 그렇게 글쓰기를 멈추지 않는다. 한 걸음씩 나아가는 명은을 응원하듯 카메라도 한 발짝 명은에게 다가간다. 아이는 저만의 세상에 푹 빠져 있다. 표정은 시시각각 변화하고 손가락은 바쁘게 움직인다. 그 아래에서 탄생할 이야기는 아마도 시시해서 근사할 것이다. 최우수가 아니어도, 세상을 뒤집지 않아도 충분하다. 오직 명은만 쓸 수 있는 글이니까. 그 글이 혹여 누군가를 다치게 할까 봐 무섭다면? 잠시 또 묻어두면 될 일이다.

Ⓒinema Ⓐnd Ⓣheater

Ⓒ 〈비밀의 언덕〉 (2023)
감독: 이지은
출연: 문승아, 임선우, 장선, 강길우

PLAIN ARCHIVE
Ⓒinema Ⓐnd Ⓣheater
BOOKS

모든 소란을 무지개라고
바꿔 적는다

초판 1쇄 발행 2024년 11월 15일

지은이   차한비
펴낸 곳   플레인아카이브
펴낸이   백준오
편집   임유청
교정   이보람
지원   장지선 이한솔

디자인   스튜디오 고민
일러스트   고주연
인쇄   세걸음

출판등록 2017년 3월 30일
제406 – 2017 – 000039호
주소 경기도 파주시 회동길 336 – 17, 302호
이메일 cs@plainarchive.com
15,000원
ISBN 979 – 11 – 90738 – 68 – 2

Ⓒ 2024. PLAIN ARCHIVE. All rights reserved.
본 책의 권리는 차한비와 플레인아카이브에 있습니다. 관련 저작권법에
의거하여 인쇄물 혹은 디지털 파일 등 어떠한 형태로도 스캔, 복제되어
배포, 판매될 수 없으며 저자와 출판사의 허락 없이 내용의 일부를
인용하거나 발췌하는 것을 금합니다. 잘못 만들어진 책은 구입하신 곳에서
바꿔드립니다.